LA COULEUR DU BON PAIN

DU MÊME AUTEUR

Chez le même éditeur

L'ANGÉLUS DE MINUIT, 1989
LE ROI EN SON MOULIN, 1990
LA NUIT DES HULOTTES, 1991
Prix RTL-Grand Public 1992
Prix du printemps du livre 1992
Grand Prix littéraire de la Corne d'or limousine 1992
LE PORTEUR DE DESTINS, Seghers, 1992
Prix des Maisons de la Presse 1992
LES CHASSEURS DE PAPILLONS, 1993
Prix Charles-Exbrayat 1993
UN CHEVAL SOUS LA LUNE, 1994
CE SOIR, IL FERA JOUR, 1995
Prix Terre de France, *La Vie*, 1995
L'ANNÉE DES COQUELICOTS, 1996
L'HEURE DU BRACONNIER, 1997
LA NEIGE FOND TOUJOURS AU PRINTEMPS, 1998
LES FRÈRES DU DIABLE, 1999
LYDIA DE MALEMORT, 2000
LE SILENCE DE LA MULE, 2001
LE VOLEUR DE BONBONS, 2002
LUMIÈRE À CORNEMULE, 2002
DES ENFANTS TOMBÉS DU CIEL, 2003

Chez d'autres éditeurs

BEAUCHABROL, Jean-Claude Lattès, 1981; Souny, 1990
BARBE D'OR, Jean-Claude Lattès, 1983; Souny, 1992
LE CHAT DERRIÈRE LA VITRE (nouvelles), L'Archipel, 1994
DERNIÈRES NOUVELLES DE LA TERRE, Anne Carrière, 2001
UNE VIE D'EAU ET DE VENT, Anne Carrière, 2003

Gilbert Bordes

La couleur du bon pain

roman

L'Ecole de Brive

Robert Laffont

ISBN 2-221-09843-9

— Non et non !

Valentin Lesmonnier était assis à table, la tête baissée. Onze heures sonnèrent. Sur la cuisinière, le bouillon débordait de sa casserole et tombait en grosses bulles. De la porte entrouverte, on entendait les poules caqueter. Le soleil brillait, le vent du sud apportait le printemps. Pierrette, debout, faisait face à Valentin qu'elle dominait de son corps massif à l'étroit dans un tablier bleu à fleurs blanches.

— Écoute, Valentin, elle est malade, et c'est grave !

— Et qu'est-ce que ça change ?

— Ça change qu'il faut oublier le passé ! Grégory est ton petit-fils !

— Peut-être, mais quand même...

Il secoua sa grosse tête chauve entourée d'une couronne de cheveux blancs. C'était un homme sanguin, tout en rondeur, les bras lourds, un estomac volumineux tendait sa salopette bleue. Des joues pleines, un front bombé traversé de rides profondes, un nez un peu empâté sur une moustache grise, des petits yeux noirs d'animal sauvage dénotaient la détermination et l'entêtement de ceux qui n'obéissent qu'à leur volonté. Le regard toujours posé sur la nappe à carreaux jaunes, il dit d'une voix sourde :

— Moi, j'ai pas oublié !

— Mais c'est pas pour elle qu'elle demande quelque chose, c'est pour son fils, Grégory !

— Il a bien un père ! Elle n'a qu'à le lui donner !

— Enfin, son père, tu sais bien que...

Pierrette s'impatientait. Elle non plus n'avait pas oublié, mais l'appel au secours de Nathalie ne pouvait pas rester sans réponse ; d'ailleurs, sa décision était prise, elle avait déjà écrit à sa fille et Valentin ne pourrait rien y changer.

— Le passé ne compte plus ! dit-elle, déterminée.

Il secoua de nouveau la tête, sombre. Avec les années, le poids de ses propres torts était de plus en plus lourd, et c'était pour cela qu'il en voulait tant à sa fille.

Nathalie avait quinze ans en 1959 quand survinrent les événements à l'origine d'une haine tenace pour son père qui la fit quitter sa maison natale l'année suivante. Elle partit à Paris chez une sœur de sa mère et devint apprentie coiffeuse dans un salon près de Montparnasse. Tout se passa bien pendant cinq ans. Quand elle eut atteint sa majorité à vingt et un ans, la jeune fille quitta sa tante pour occuper une chambre de bonne, rue d'Alésia. Les lettres que, jusque-là, elle envoyait régulièrement à sa mère s'espacèrent, puis plus rien.

Pierrette vivait dans l'angoisse, car elle pressentait, derrière ce silence, des agissements louches. Elle savait sa fille influençable, toujours prête à prendre le chemin le plus facile sans avoir assez de jugement pour en reconnaître les embûches. Le coiffeur chez qui Nathalie travaillait jusque-là et à qui Pierrette écrivit indiqua que la jeune fille avait quitté son travail depuis plus d'un an et qu'il ne savait pas ce qu'elle était devenue.

Deux années passèrent, quand les gendarmes de Saint-Germain vinrent annoncer à Valentin et Pierrette Lesmonnier que leur fille, Nathalie Lesmonnier, était condamnée à un an de prison ferme pour vol. La nouvelle fit vite le tour de la commune et la honte s'abattit sur la ferme de la Neuville. Valentin s'enferma dans son domaine et baissait la tête chaque fois qu'il croisait un voisin. Pierrette pleurait en silence. Alain, le frère aîné de Nathalie, alors en faculté de médecine à Bordeaux, fut tenté de rompre avec sa famille. Lui aussi détestait son père, mais il aimait sa mère et ne voulut pas infliger des souffrances supplémentaires à cette femme qui avait beaucoup pleuré dans sa vie. Il s'infligea la corvée de revenir de temps en temps à la Neuville.

En sortant de prison, Nathalie, bien décidée à ne pas retomber dans ses agissements passés, reprit son ancien métier et fit la connaissance du père de Grégory, un Noir réunionnais.

Nathalie voulut renouer le contact avec sa

famille. Elle regrettait sincèrement ses erreurs et écrivit à sa mère. Pierrette, grand cœur, oublia tout et dit à Nathalie qu'elle était impatiente de la revoir. Valentin ne voulut rien entendre.

— Tant que je serai debout, elle ne portera plus les pieds dans cette maison.

Pierrette continua d'écrire à sa fille, lui expliquant qu'un peu de temps était nécessaire pour faire céder Valentin. Nathalie, qui n'avait pas oublié le ressentiment profond qu'elle éprouvait pour cet homme dur et égoïste, n'insista pas. Sa haine en fut ravivée et la confortait dans l'amour qu'elle portait à sa mère et l'intention de ne plus jamais revoir son père.

Au printemps 1970, elle annonça qu'elle attendait un enfant. Pierrette, qui savait qu'elle vivait avec un homme, mais ignorait tout de celui-ci, en fut heureuse. « Un enfant, écrivit-elle à Nathalie, ça change la vie, on ne voit plus rien de la même manière et il devient vite le centre du monde ! »

Grégory naquit le 2 juillet 1970, deux jours après l'anniversaire de Valentin. Pierrette envisageait de partir à Paris embrasser ce bébé pour lequel elle avait déjà tricoté une pleine panière de brassières. Valentin refusa.

Une semaine après l'heureux événement, les grands-parents reçurent une lettre de leur fille avec les premières photos du nouveau-né. Valentin trébucha, laissa échapper la photo qui tomba sous la table, dut s'asseoir pour reprendre son souffle. Il était sonné, et ne trouvait pas les mots pour exprimer les sentiments qui l'animaient. Enfin, il s'exclama :

— Elle nous a tout fait ! dit-il. Il ne manquait plus que ça !

Pierrette, aussi, resta un moment déconcertée. Surmontant sa surprise, elle dit :

— Il est bien beau quand même ! Et en bonne santé, c'est le principal !

Valentin leva sur elle un regard froid, puis sembla se résigner :

— Oui, c'est le principal ! murmura-t-il.

Le plaisir de l'été, des longues journées harassantes occupées à rentrer le foin odorant, s'estompait tout à coup. L'avenir de Valentin était aussi noir que ce bébé qu'on voulait lui imposer comme petit-fils. Le coup était fatal, il ne s'en relèverait pas !

— Écoute, insista Pierrette en s'animant, nous l'aimerons autant que la fille d'Alain qui est née le mois dernier.

— Bien sûr !

Dans le silence qui suivit, Valentin imaginait Nathalie dans les bras d'un Noir, l'embrassant sur ses grosses lèvres, et il grimaçait, tant la chose lui semblait contre nature et dégoûtante.

— Si elle l'élève comme il faut, il n'y a pas de raison qu'il ne fasse pas un homme comme les autres ! ajouta Pierrette.

— L'élever comme il faut ! La Nathalie fréquentait de drôles de gens !

— Tout ça c'est fini ! Elle me l'a assez dit !

— Et tu voudrais que je te croie ?

Valentin avait raison. Quelque temps plus tard, le père de Grégory, un certain Émile Porissin, fut impliqué dans une affaire de fausse monnaie et fut condamné à dix ans de prison ferme. Nathalie, accusée de complicité, écopa de six mois pendant lesquels son fils fut confié à la DDASS. Cette nouvelle condamnation, dont on parla beaucoup à Saint-Germain et dans les communes voisines, réveilla la honte de Valentin qui interdit à Pierrette de parler de leur fille devant lui.

Nathalie cessa alors d'écrire à sa mère. Le silence se fit entre cette fille perdue dans la grande ville et sa famille. Alain, le fils aîné, s'installa médecin généraliste à Saint-Perrault, une petite bourgade près de Brive, épousa Maryse Deneux, fille d'un notaire briviste. La petite Joséphine, la dernière fille de Pierrette et Valentin, née sept ans après Nathalie, n'était pas douée pour les études et devint aide-soignante à l'hôpital de Brive. Elle épousa en 1979 Julien Lebuissac, un Cadurcien.

Seize années avaient passé. Le temps effaçait la honte et les Lesmonnier commençaient à relever la tête. Alain fut élu maire de Saint-Perrault en 1983 et Valentin fréquentait de nouveau les foirails pour montrer ses veaux dont il était fier et surtout se vanter : « Moi, je travaille à l'ancienne, parce qu'il n'y a pas d'autre manière de bien travailler ! » À soixante-dix ans, son étable abritait encore douze belles vaches et il ne parlait surtout pas de retraite. Et quand Paul Préjent, le plus proche voisin, lui faisait remarquer qu'à son âge il était bien temps de passer la main, de profiter un peu de la vie, Valentin répondait toujours la même chose :

— Profiter de la vie ? C'est faire ce que j'ai fait tout le temps ! Moi, je connais pas d'autre manière et je travaillerai mon bien jusqu'au bout !

Pierrette pensait toujours à sa fille, mais elle n'avait aucun moyen de savoir ce qu'elle était devenue. Elle avait écrit à plusieurs de ses parents installés en région parisienne qui n'avaient pu lui fournir le moindre renseignement.

Aussi, la lettre qui arriva le 6 mars 1986 fit-elle l'effet d'une bombe. Quand le facteur posa l'enveloppe sur la table en commentant la météo, sa grande préoccupation, Pierrette reconnut tout de suite l'écriture. Elle se mordit la lèvre au sang pour ne pas pousser un cri de surprise. Elle attendit que le facteur se fût éloigné pour soulever entre ses doigts l'enveloppe qui la brûlait. Qu'allait-elle apprendre en déchirant le papier satiné ? Que Nathalie était encore en prison ? Rompre le silence après tant d'années devait obéir à une raison majeure. Le cœur battant, elle glissa la lame de son couteau sous la pliure. Le papier fit un petit bruit aigre et elle sortit une feuille pliée en quatre.

Mes chers parents,

Je vous demande pardon pour ce que j'ai pu faire et la honte que je vous ai occasionnée. Depuis longtemps, je voulais vous écrire, car je suis bien seule. Heureusement,

Grégory est avec moi. Les juges ont considéré que je pouvais de nouveau m'occuper de lui.

Ma vie a changé. Émile, le père de Grégory, est reparti dans son île et je ne le regrette pas. Rassurez-vous, les erreurs du passé sont bien oubliées et je travaille depuis douze ans dans le même salon de coiffure où je suis appréciée. Enfin, je travaillais jusqu'à une date récente, car je ne suis pas faite pour le bonheur puisque je suis atteinte d'une maladie grave. Sans cela, je n'aurais probablement pas eu le courage de vous écrire.

Je souffre d'une maladie du cœur et je vais devoir me faire opérer au plus vite. Comme je n'ai personne que vous, je vous supplie de prendre Grégory à la Neuville le temps que durera ma convalescence, si convalescence il y a. C'est un très gentil garçon qui, j'en suis certaine, s'entendra très bien avec papa. Je lui ai tellement parlé de la Neuville qu'il n'a qu'une envie : venir chez vous. Il pourra aussi aider papa, car il est costaud et, je crois, assez courageux. Ce n'est pas un très bon élève à l'école, peut-être trouvera-t-il sa vocation à la ferme.

Sans en parler à Valentin, Pierrette répondit aussitôt à sa fille que Grégory pouvait venir chez ses grands-parents et y rester le temps qu'il faudrait : *Il ira au collège de Saint-Germain où les élèves sont encore tenus par une bonne discipline. Ici, nous saurons lui parler et, comme tu le dis toi-même, peut-être découvrira-t-il sa vocation. T'en fais pas pour ton père.*

Trois jours plus tard, Nathalie annonçait à sa mère que Grégory se faisait une joie de venir vivre quelque temps chez ses grands-parents qu'il n'avait jamais vus.

Valentin savait que la venue de son petit-fils allait réveiller les vieux souvenirs et il ne se sentait plus la force d'affronter les regards des autres et de répondre à leurs questions. Une fois de plus, il devrait baisser la tête et fuir les foirails.

— Je te répète : je ne veux pas de ce garçon ici ! Ce que tu as manigancé avec Nathalie ne me regarde pas !

Pierrette, malgré sa corpulence, était une femme douce et peu combative. Elle avait été soumise toute sa vie à Valentin et, en face de lui, ne trouvait pas toujours les bons arguments. Pourtant, la maladie de sa fille retrouvée après tant d'années d'angoisse, le devenir incertain de son petit-fils, lui donnèrent la force de faire front et d'insister :

— Elle nous appelle après tout ce temps, on peut pas la laisser ! Et ce petit n'a nulle part où aller !

Valentin remua encore sa grosse tête de droite à gauche. Il ne pouvait pas accepter, tout son être refusait ce jeune homme si différent, fils d'un truand noir et d'une fille bannie, qui portait pourtant son nom.

Pierrette indiqua que pour une fois, probablement la première de sa vie, elle avait décidé :

— Le petit Grégory va venir ici, parce qu'il n'a que nous !

Valentin ferma son couteau qui claqua, le glissa dans la poche de sa salopette, essuya sa moustache blanche et se leva de sa chaise.

— Je vais le chercher demain soir au train ! ajouta Pierrette. C'est ainsi et on n'y peut plus rien !

Sans un mot, Valentin prit sa casquette posée sur le montant de sa chaise et sortit. Sa ferme se trouvait en bout de la Neuville, un petit hameau perché au-dessus de la vallée encaissée de la Vézère. Dans le pré en pente, le paysan constata que l'herbe avait poussé et qu'il allait pouvoir, bientôt, mettre son troupeau au pré.

Le temps était doux pour la saison. Après quelques jours de giboulées, un printemps précoce s'était installé dès la mi-mars. « Ça nous apporterait des gelées en avril et mai que ça m'étonnerait pas ! » pensa Valentin. Son regard était attiré malgré lui par la tour Maronne, ce tas de pierres branlantes sur le sommet de la colline qui dominait le hameau et la vallée. Un pan s'était effondré voilà une dizaine d'années et le reste du donjon, avec son escalier de gros blocs de granite, menaçait d'en faire autant, raison pour laquelle une clôture en interdisait l'accès. En hiver, quand le vent soufflait du nord, tous les diables de ce lieu sinistre se mettaient à geindre et Valentin savait que le gel allait bientôt figer la terre et paralyser la petite source qui coulait au bas de son étable. Mais quand venait le printemps, le vent du sud frottait son archet sur les pierres saillantes et chantait une mélodie qui réchauffait le cœur.

Valentin ouvrit la porte de son étable, s'arrêta. La forte odeur de purin lui piquait les yeux. Il aurait dû enlever le fumier, mais voilà, ses bras étaient lourds depuis quelque temps, ses jambes lui faisaient mal. Il remettait de jour en jour les travaux pénibles en espérant que ses membres auraient plus de force le lendemain. Car Valentin n'était pas encore un vieillard : les Lesmonnier étaient solides ! Son père, Gustave, avait travaillé jusqu'à quatre-vingts ans !

De chaque côté de l'allée centrale, six vaches tournèrent leurs lourdes têtes vers lui en attendant la botte de foin qui ne venait pas. Personne ne comprenait la valeur inestimable de ce troupeau. « Les jeunes sont trop fainéants pour travailler comme je le fais ! dit Valentin à voix haute, car cet homme peu bavard avec les autres ne cessait de se parler. Ils s'embêtent pas ! Avec les primes, plus ils ont de vaches, plus ça fait d'argent ! Tant pis si c'est de la mauvaise qualité ! » Ses veaux élevés avec patience étaient sa fierté. « J'aurais honte d'emmener à la foire les veaux que je vois dans l'étable de Paul Préjent ! Montrer qu'on est bon à rien ne rapproche pas de la fortune ! »

L'odeur piquante du purin qui avait surpris Valentin à son arrivée s'était adoucie en une senteur de cuir chaud qui le raccrochait enfin à une réalité rassurante. Il était pourtant en peine de sa personne et sortit de nouveau. De la tour Maronne venait un chant très doux, comme une voix d'ange. Une hirondelle volait près du fossé. Valentin opina : « Fais pas trop la maligne, ma belle, tu pourrais te geler le bout des ailes avant longtemps ! » Enfin, la pensée du fils de Nathalie s'imposa à son esprit avec sa lourdeur de plomb.

Une pie se posa sur son nid au sommet du chêne. L'oiseau revenait tous les ans et Valentin le surveillait depuis le mois de février. « Elle doit déjà avoir pondu ses œufs et sûr qu'elle s'est pas accouplée avec un corbeau ! »

Il entra dans sa grange où il s'était aménagé un atelier pour réparer ses outils et sculpter des figurines de bois. « Tu comprends, monsieur, expliquait-il à son interlocuteur invisible, tous les Lesmonnier aiment le bois. Mon grand-père, et même mon père, avare comme il était, tous savaient manier la varlope et le ciseau ! C'est dans notre sang. Et moi, je pourrais t'en parler pendant des heures du bois, de la différence entre les larges dessins du chêne, sa vigueur sous la lame et la douceur d'une fumée d'herbes du noyer qui se donne au couteau comme un petit chat aux caresses. Ouais, le bois et moi, on s'en raconte des histoires ! »

Il resta un long moment à regarder son trésor : des morceaux de tronc, des souches sélectionnées pour leurs formes particulières, son établi et la sciure, les copeaux qui jonchaient le sol cimenté. Il ouvrit un coffre et en sortit, pliée dans du tissu, une statuette qui représentait une femme nue aux formes étriquées. De toutes celles qu'il avait façonnées, Valentin préférait celle-là, parce qu'elle vivait. Chaque fois qu'il la regardait, il lui découvrait un visage différent, une attitude nouvelle et une grâce qui le remplissait de fierté. « Ouais, tu ressembles à la Lise quand elle avait vingt ans et après, quand son homme s'est tué ! »

Les veines sombres du noyer s'étalaient en longues volutes, en mouvements légers d'une fumée qui effleurait la surface du bois et vivait avec lui. Le jour y reflétait une tache lumineuse où bougeaient des couleurs rares.

— Ma damnation, mais tu es noire ! constata Valentin.

Alors, il couvrit la statue avec le tissu, la rangea dans le coffre et regarda un instant le moteur de sa mobylette, entièrement démonté. Il avait entrepris cette réparation la semaine dernière et voilà qu'il n'avait plus la tête à faire de la mécanique. Pourtant, sans sa mobylette, il ne pouvait pas se rendre au bourg. Valentin avait bien essayé de passer le permis de conduire, il l'aurait probablement obtenu, car il n'était pas plus maladroit que les autres, mais une fois de plus, son caractère lui avait joué un mauvais tour : à la première question embarrassante, il s'était mis en colère et avait menacé l'inspecteur de son gros poing.

Ce soir, il pensait à toutes ces années de travail et il avait l'impression qu'on voulait le déposséder de son bien, le jeter hors de chez lui. « Ces fainéants et compagnie ne seraient pas gênés de venir se faire nourrir ici ! »

Depuis plusieurs années, Pierrette le poussait à prendre sa retraite, à se défaire de ses vaches et de ses prés. « On est trop vieux ! ne cessait-elle de répéter. Il faut savoir s'arrêter à temps ! Un de ces jours, tu vas ramasser un mauvais coup et c'est tout ce que tu en auras ! » Valentin faisait la sourde oreille. « Tant que je suis debout, disait-il fièrement, personne ne touchera à mes prés et à mes vaches ! » Mais ce n'était pas la raison de son entêtement.

Il fit quelques pas dans le chemin, se planta sur sa jambe droite. Un sourire allongea sa moustache.

— Faut que j'appelle Alain !

Alain le haïssait à cause du passé, mais il serait son allié pour s'opposer à la demande de Nathalie. Alain était devenu un notable qui n'aurait pas envie qu'on lui parlât de sa sœur perdue et du fils qu'elle avait eu avec un Noir réunionnais, voleur et faux-monnayeur.

À quinze heures précises, le docteur Alain Lesmonnier arrivait à son cabinet. En passant par l'allée du jardin, il avait jeté, comme tous les jours, un regard rapide dans la salle d'attente déjà pleine. Il soupira devant la tâche, mais la satisfaction se marquait sur son visage. Il se tourna une dernière fois vers le parc autour de sa belle maison, puis regarda la rue par le large portail ouvert. À quarante-trois ans, le docteur Lesmonnier pouvait être fier du chemin parcouru. Né dans la petite ferme de la Neuville, il était désormais à la tête d'un important cabinet médical. Maire de sa commune, c'était un homme influent dont tout le monde louait la vive intelligence et la générosité. Membre du Rotary local, il multipliait les actions en faveur des enfants déshérités d'Afrique et jouait au golf le dimanche, le seul jour de congé qu'il s'accordait.

C'était un homme heureux, même si ses origines modestes le gênaient dans le milieu qui était devenu le sien, raison pour laquelle il allait très rarement à la Neuville. Il ne fréquentait pas plus sa sœur de Brive, Joséphine Lebuissac, épouse d'un employé de la ville, niais et passionné de jardinage. Il fréquentait surtout sa belle-famille, composée de médecins, de hauts fonctionnaires et de chefs d'entreprise. Il était particulièrement fier de sa fille, Stéphanie, âgée de seize ans, une superbe blonde, brillante élève au lycée Cabanis de Brive.

Le docteur Lesmonnier poussa la porte de son cabinet, posa son manteau et passa dans le bureau voisin. Il n'était pas très grand, un peu empâté ; un début de calvitie élargissait son front et donnait du volume à son crâne bombé, sa tête ronde aux joues pleines. Laure Genêt, sa secrétaire, lui sourit. Maryse n'aimait pas cette belle femme qu'elle jalousait et avait demandé plusieurs fois à son mari de la renvoyer.

— Elle travaille très bien ! rétorquait-il. Je ne vois pas pourquoi je m'en séparerais !

— Parce qu'elle te regarde d'une manière qui ne me plaît pas !

Maryse, enfant gâtée, avait l'habitude qu'on lui cède, et le refus de son époux traduisait pour elle l'aveu d'une relation coupable. Alain Lesmonnier en jouait. Il aimait exciter la jalousie de sa femme, cela le confortait dans la certitude de sa séduction et rassurait ce fils de paysan dans le milieu bourgeois de son épouse.

Laure Genêt était une grande brune aux yeux d'un noir profond. « Elle sait s'habiller ! » disait Alain, ce qui exacerbait Maryse car elle sentait, derrière ce compliment à sa rivale, un reproche à son encontre.

— Votre père a appelé plusieurs fois ! dit Laure sans s'arrêter de classer des feuilles de maladie.

Le docteur fronça les sourcils, interrogateur et agacé. Son père ! Le temps n'avait pas effacé le souvenir de sa mère humiliée qui pleurait en silence. Que voulait-il encore ? Valentin et lui se parlaient peu. Le vieil homme, peu habitué à se servir du téléphone, devait avoir de bonnes raisons. Alain pressentait quelque chose de grave.

— Qu'a-t-il dit ?

— Rien ! Il semblait très en colère. Il rappellera !

Alain Lesmonnier enfila sa blouse blanche et passa dans son cabinet, Laure alla chercher le premier patient dans la salle d'attente, un vieil homme atteint de rhumatismes qui salua le médecin avec beaucoup de respect. Alain commençait à l'examiner quand le téléphone sonna. Laure lui annonça son père.

— Allô ! c'est moi ! Faut que je te parle !

— Qu'est-ce qui ne va pas ? Fais vite parce que je suis débordé. Un patient attend dans mon cabinet.

Il était fier de parler à son père de ses patients et de son cabinet, de lui jeter à la figure une réussite qui ne lui devait rien.

— Figure-toi que ta sœur, la Nathalie, a donné de ses nouvelles !

— Quoi ?

Il avait crié, le docteur Lesmonnier. C'était incroyable. Il s'attendait à tout, sauf à cela. Après seize années, celle qu'il avait rayée de sa vie se manifestait de nouveau, cela ne pouvait être que pour annoncer une nouvelle catastrophe.

— Je ne veux rien avoir à faire avec elle ! dit-il d'un ton sec. Ce n'est plus ma sœur !

— Il paraît qu'elle est malade !

— Je m'en fous !

— C'est le cœur !

Le docteur fit silence. Nathalie avait donc hérité de la tare familiale du côté de sa mère : une dégénérescence du cœur qui fort heureusement s'opérait depuis peu ; c'était une opération délicate mais qui, généralement, donnait de bons résultats.

— Et qu'est-ce qu'elle veut ?

— ... Nous envoyer son fils pendant qu'elle se fait opérer !

« Maudite famille ! » pensa alors Alain Lesmonnier. Quand le laisserait-elle tranquille ? Nathalie, par ce biais, essayait de se rapprocher des siens. Après ce qu'elle avait fait, après avoir sali le nom des Lesmonnier, c'était impossible.

— Son fils ? demanda Alain. Celui qu'elle a eu avec son truand de la Réunion ? On ne peut pas !

Le docteur Lesmonnier ne pouvait accepter que la présence de ce garçon à la Neuville, qui se trouvait à douze kilomètres de Saint-Perrault, rappelât à tous l'existence d'une sœur qui avait mal tourné. Cela lui porterait tort dans ses ambitions politiques, ternirait son image publique.

— C'est bien ce que je pense ! précisa Valentin qui, pour une fois, était de l'avis de son fils. Il faut que tu fasses quelque chose.

Alain posa le téléphone et reprit son examen. Pourtant, ses pensées étaient loin de ce vieil homme qui racontait ses souffrances. Il était encore sous le choc de cette nouvelle qu'il n'attendait pas : la sœur maudite, le boulet à sa cheville, se manifestait et, en seize années, quelles turpitudes avait-elle encore commises ? Les gens en parleraient ; les adversaires du maire de Saint-Perrault, qui visait un siège au Conseil général, sauraient faire circuler les pires calomnies !

Entre deux patients, il tenta de joindre sa jeune sœur, Joséphine. « Une oie ! » pensa-t-il en pianotant sur son téléphone.

Une fois de plus, Joséphine montra son manque de jugement en n'étant pas de l'avis de son frère :

— Pourquoi penses-tu qu'il faut s'opposer à l'arrivée de Grégory à la Neuville ? Nathalie mène une vie rangée depuis de nombreuses années. Le passé est oublié et Grégory est un bon garçon, sans histoire.

— Comment sais-tu cela ?

Joséphine marqua un moment d'arrêt pendant

lequel le médecin entendit sa respiration dans l'écouteur.

— Je vais te faire un aveu. Cela fait longtemps que Nathalie et moi correspondons. Nous nous sommes revues plusieurs fois. C'est moi qui lui ai proposé de reprendre contact avec nos parents pour Grégory. Ce garçon pourrait travailler avec papa !

— Mais enfin, pourquoi n'en as-tu rien dit ?

— Je ne vais quand même pas te dire tout ce que je fais ! Nathalie a commis des erreurs, elle en a conscience et ne veut plus en entendre parler. Elle a rompu toute relation avec le père de Grégory. Malheureusement, il y a la maladie !

Alain sentit monter la colère en lui. Comment sa sœur avait-elle pu agir de la sorte ? Elle avait sûrement bon cœur, mais pas plus de raison qu'un oiseau !

— Tout se passera bien, j'en suis certaine ! ajouta Joséphine. Et puis, si ça n'allait pas, il serait toujours temps de prendre des dispositions !

Alain n'insista pas et raccrocha nerveusement le combiné du téléphone. Joséphine ne comprendrait jamais rien !

— En plus, c'est un Noir ! murmura le médecin en passant dans la pièce voisine pour accueillir le prochain patient.

Quand le train ralentit, qu'une voix annonça l'arrivée en gare de Brive-la-Gaillarde, Grégory Lesmonnier se contracta. Un frisson glacé parcourut son dos. Pendant tout le voyage, il avait tenté de fixer son attention sur le paysage qui défilait, des plaines, des champs immenses et, pour finir, ce moutonnement de collines, de forêts que le printemps verdissait, mais ses pensées revenaient toujours à cette chambre d'hôpital où sa mère attendait l'opération salvatrice.

Le cauchemar de ces derniers mois ne cessait de le hanter. La vie de Nathalie était devenue un calvaire. Chaque jour de plus en plus faible, elle pouvait à peine marcher de son lit au fauteuil du salon. Grégory devait s'occuper de tout, faire les courses, préparer les repas, aider la malade à s'habiller, faire sa toilette... Alors, les médecins avaient décidé de tenter l'opération de la dernière chance...

Ce matin, quand il avait quitté sa mère, un terrible pressentiment s'était emparé de Grégory. « T'en fais pas, tout ira bien ! » avait dit la malade en l'embrassant et il avait senti sa joue mouillée de larmes. Au moment de fermer la porte, il avait eu la certitude qu'il ne reverrait plus jamais sa mère et il avait eu froid, ce froid qui engourdissait encore ses membres. Il était parti très vite pour ne pas lui montrer qu'il pleurait, lui aussi.

Grégory avait mal aux jambes de n'avoir pas bougé pendant cinq heures. Il aurait voulu rester à Paris, assister sa mère jusqu'au bout. Elle avait refusé : Nathalie ne se faisait aucune illusion sur l'issue de sa maladie et voulait confier Grégory à la seule personne en qui elle avait encore confiance, Pierrette. Elle espérait que, face au malheur qui la frappait, Valentin oublierait les erreurs d'une fille perdue, le déshonneur de la prison, et qu'il accepterait Grégory, enfant innocent des erreurs de ses parents.

Le train était arrivé et freinait dans un bruit aigu de fer râpé. Grégory hésita quelques secondes avant de prendre son sac et de sortir. Le wagon le protégeait de l'inconnu. Au-delà de la porte, sur le quai, l'attendait une nouvelle vie, une lutte supplémentaire, sûrement perdue d'avance et dont il ressentait pourtant la nécessité. La grand-mère, Pierrette, qu'il avait vue en photo, avec sa grosse tête ronde, ses cheveux bouclés sans façon, avait écrit qu'elle était impatiente de le voir, mais saurait-elle aller au-delà des apparences pour lui tendre les bras ? Et Valentin, avec son visage renfrogné, sa corpulence d'ours qui attirait Grégory pour des raisons profondes que le jeune homme n'aurait su exprimer, comment allait-il réagir après seize années de refus obstiné ?

Sur le quai, Grégory chercha dans la foule pressée quelqu'un qui pourrait ressembler à l'image qu'il s'était faite de ses grands-parents. De toute manière, s'il ne les reconnaissait pas, eux ne pouvaient le rater !

Quelqu'un le tira par la manche. Il se tourna vivement et se trouva en face d'une femme à forte corpulence, aux cheveux gris et bouclés, conforme aux photos.

— Grégory ?

Il fit oui de la tête. Pierrette lui sourit et l'embrassa sur les deux joues avec un empressement emprunté, comme s'ils venaient de se retrouver après une courte absence. Pourtant, elle regardait ce petit-fils inconnu à la peau chocolat avec une curiosité qui agrandissait ses yeux clairs. Que cherchait-elle dans ce visage ? Une ressemblance avec les Lesmonnier ou les traits de ce père condamné à de lourdes peines de prison ?

— Qu'est-ce que tu es grand !

Grégory remarqua que sa grand-mère et sa mère avaient le même visage un peu large, les mêmes yeux, la même bouche. Mais la ressemblance s'arrêtait là. Autant la fine silhouette de Nathalie était fragile, autant celle de Pierrette semblait solide. Pourtant son regard était plein d'une générosité qui mit Grégory en confiance.

— Et ta mère ?

Il baissa la tête dans un silence évocateur.

— Mon pauvre petit ! On est bien malheureux !

Ils firent quelques pas. Pierrette dit enfin :

— J'ai préparé ta chambre, tu verras, tu seras très bien.

Ils arrivèrent à la voiture, une 4 L blanche. Pierrette ouvrit le coffre.

— Mets ici ton sac. Il suffit de le tasser un peu !

Grégory obéit. Pierrette commandait d'une voix ferme, un peu grave, mais lui, l'instinctif, y décelait de la douceur et une grande résignation. Elle ouvrit la portière avant du côté du passager.

— C'est pas très grand. Essaie quand même de caser tes jambes.

Il se recroquevilla dans l'habitacle dont Pierrette occupait la plus grande place et là, il craqua, éclata en sanglots. Les larmes contenues depuis le matin se mirent à couler. Il renifla, s'essuya les yeux avec la manche de sa veste. Pierrette, émue, l'embrassa.

— T'en fais pas ! dit-elle. Ça ira !

La voiture démarra, quitta la ville pour se lancer dans une interminable côte. Le soleil brillait, haut dans un ciel immense, éclairait des vallées, des hameaux perchés sur leur colline. Grégory avait l'impression de dominer le monde, de voler. Puis la voiture plongea dans une descente vertigineuse et l'espace se rétrécit à la place de la route taillée dans le rocher. Un ruisseau cascadait entre des arbres gris, dans une prairie en pente raide, des vaches broutaient. Le citadin ressentait l'oppression d'une nature souveraine.

— Ton grand-père est une tête de mule ! Autant te le dire tout de suite, fit Pierrette. Il boude. Mais ça lui passera. Et puis il va falloir que tu fasses la connaissance de toute la famille, de ton oncle, Alain, qui est médecin. Il vit dans une grande et belle maison. Tu verras sa fille, Stéphanie, qui a ton âge. Elle est très belle et surtout très bonne élève. Tu te rends compte, à seize ans, elle va passer son bac en juin ! Tu connaîtras aussi ta tante, Joséphine, qui travaille à l'hôpital de Brive, et ses deux fillettes, Paule et Aurélie !

— Le grand-père boude ? demanda tout à coup Grégory. Ma mère m'a dit qu'il lui en voulait. À cause de ce qu'elle a fait dans sa jeunesse. Et aussi à cause de mon père ! Alors, il m'en veut à moi !

— Qu'est-ce que tu vas t'imaginer ? On n'y pense plus !

Pierrette comprenait combien la sensibilité de son petit-fils était aiguisée face à l'attitude des autres, combien ce garçon, désormais livré à lui-même, était fragile. Elle découvrait, dans ses yeux, cette profondeur, ce reflet couleur de jour qui révélaient une intelligence, peut-être pas vraiment scolaire mais solide et bien réelle.

— Ton grand-père n'est pas méchant, mais il n'en fait qu'à sa tête.

En arrivant à la Neuville, Grégory aperçut l'énorme tour en ruine qui dominait le pays sur son mamelon rocheux. Pierrette avait ralenti. Le garçon regardait les pierres parfaitement ajustées les unes aux autres et pensa un instant aux hommes qui les avaient ainsi disposées.

— C'est quoi ?

— La tour Maronne. Elle est très vieille. Avant c'était un château, les Anglais l'ont détruit et il ne reste que cette ruine.

— Pourquoi on l'appelle la tour Maronne ?

— Parce que *maronner*, en patois, ça veut dire ronchonner, rouspéter tout le temps, et quand le vent souffle du nord ou de l'ouest, la tour se met à chanter. Faut pas s'en approcher, c'est interdit !

— C'est pour ça qu'ils ont mis des fils de fer barbelés autour ?

— Oui, elle risque de s'écrouler à tout moment. Alors tu comprends bien qu'il faut pas laisser les gens s'en approcher ou grimper au sommet par l'escalier.

— Et pourquoi ils ne l'ont pas fait tomber ?

— Tu m'en demandes trop ! À une époque, il était question de la consolider avec du béton, parce qu'elle est très vieille. Et puis maintenant, plus personne n'en parle.

Enfin, Grégory découvrit la Neuville et ses cinq maisons dont deux avaient les volets clos. « Des Parisiens », précisa Pierrette. Des poules traversaient la route devant la voiture en battant des ailes. Une femme, maigre et sèche, qui portait un seau dévisagea le garçon.

— C'est la Marinette Préjent. Faudra bien qu'elle s'habitue.

La voiture s'arrêta devant une maison basse aux volets marron. Une treille avec de gros bourgeons verts courait au-dessus des fenêtres. Grégory parcourut le bâtiment du regard ; lui qui n'avait vécu que dans un grand immeuble au milieu d'autres immeubles était étonné par sa petite taille. Le tilleul devant la porte, les noyers derrière, les sapins sur la pente de la colline baignaient dans un calme profond, un silence minéral qui arrêtait le temps.

— C'est ici ! dit Pierrette. Ta mère est née dans cette maison.

Grégory se déplia, sortit de la voiture. Pierrette le trouva plus grand encore qu'à la gare. Le chien grattait à la porte. Elle l'ouvrit et il vint aussitôt flairer le garçon qui n'était pas rassuré. Enfin l'animal lui fit la fête.

— C'est Miro ! Tu vois, il t'a reconnu comme quelqu'un de la famille ! Tu vas ranger tes affaires dans ta chambre ; moi, il faut que j'aille m'occuper des bêtes !

Grégory suivit Pierrette dans le couloir. Le plancher craquait sous ses pas. La chambre n'était pas grande ; une immense armoire sombre occupait toute la place. Sur le haut lit, un énorme édredon attirait le regard par sa rondeur rouge. Le plafond sombre pesait de ses poutres massives. Une légère odeur de linge propre, de vieux bois ciré flottait dans l'air. Grégory regarda le papier à fleurs sur les murs, les légers rideaux blancs de la fenêtre, la chaise sur laquelle était posé un vieux magazine. L'immobilité de ces meubles voués à un éternel silence l'écrasait et il se demanda si tout cela n'était pas un jeu, un rêve. La sourde résignation de ce monde l'effrayait.

Il ouvrit l'armoire pour ranger ses affaires. Les

étagères étaient envahies de tas de vêtements inutiles, robes de petite fille, chemises que personne ne porterait plus, piles de serviettes, de draps. Tout échappait au temps, à l'usure. Grégory qui n'avait connu, jusque-là, que l'éphémère, le mouchoir, la serviette, l'assiette que l'on jette après une seule utilisation, découvrait un univers où le passé écrasait le présent et lui dictait sa loi. Et toujours ce silence ! Souverain ! Les oreilles lui bourdonnaient !

Il sortit, il fuyait ! Vivement du bruit pour chasser son angoisse. Il rejoignit sa grand-mère qui apportait du foin aux lapins. Sa présence prouvait son appartenance à ce hameau, ses racines dans ce monde si nouveau pour lui.

Un vieil homme portant un panier de raves passait dans le chemin en traînant les pieds. La tête couverte d'une casquette fourrée à longues oreilles qui pendaient de chaque côté de sa figure, il avait l'aspect d'un de ces paysans que les documentaires montraient dans de lointains pays froids. L'homme le regarda longuement, avec curiosité. Visiblement, la présence de ce jeune métis lui semblait incongrue.

— Eh bien, père François, vous n'avez jamais vu un jeune homme de seize ans ? demanda Pierrette, bourrue. C'est mon petit-fils !

Grégory baissait la tête, conscient de sa différence. Pierrette ferma la porte grillagée de la cage aux lapins.

— C'est un voisin ! dit-elle. Il n'a jamais été

bien malin, mais ça ne l'empêche pas d'être mauvais comme une teigne !

Elle s'éloigna, laissant le jeune homme en proie à des sentiments contradictoires. Depuis qu'il était arrivé, il se découvrait sans consistance. Ce qui semblait une évidence à Paris devenait, ici, déraisonnable. Le silence donnait aux mots un sens impératif que Grégory ignorait. Pierrette revint vers lui, un seau à la main.

— Viens donc voir les vaches !

Il l'accompagna puis, quand elle ouvrit la grande porte, il grimaça. La forte odeur du purin lui nouait la gorge. Des poutres noires, des toiles d'araignée épaissies par une lourde poussière grise pendaient comme des lambeaux de tissu. Les vaches lui semblaient énormes.

— Et le grand-père Valentin ? demanda-t-il tout à coup.

— Il ne va pas tarder ! C'est bientôt l'heure de s'occuper de ses bêtes !

Valentin Lesmonnier ruminait sa colère et rouspétait. Il était parti marcher le long de la Vézère. Il connaissait de l'endroit toutes les cascades, tous les trous sous les berges où il avait piégé des truites et d'énormes brochets. Il allait, les mains dans les poches, la tête ailleurs. Le printemps le laissait indifférent. Le ciel, d'un bleu profond, ne l'avertissait pas que le gel pouvait griller ses jeunes laitues. Le soleil passait lentement derrière les collines qu'il illuminait d'une lumière rasante et épaisse. Bientôt, elles rougiraient à la poussée des premiers bourgeons puis blanchiraient avec les merisiers en fleur. « Une année de plus, pensait le vieil homme. Une année qui s'ajoute aux autres et j'en ai un sac plein sur le dos, un sac de plus en plus lourd ! Jusqu'à quand je vais pouvoir tenir comme ça ? Une autre année, quinze jours ? Et cette affaire qui n'est pas réglée avec Lise, que je repousse toujours parce que je suis pas bien fier de moi... »

Pierrette devait être revenue de la gare avec le fils de Nathalie. Valentin s'arrêta un long moment près du pont. Ce petit-fils noir, jusque-là simple évocation, devenait une réalité quotidienne. Le vieil homme sentait déjà les regards qui se poseraient sur lui, pleins de sous-entendus, car la présence de ce garçon allait, bien sûr, raviver le passé, et les mauvaises langues n'auraient pas fini de rapporter, d'inventer au besoin les délits d'une fille perdue, sa fille. « Je suis le plus malheureux des hommes ! » pensa-t-il.

Une truite, qui attendait ses proies devant une pierre, fit un écart et fila, telle une flèche, se cacher sous la berge. « Elle m'a vu ! dit Valentin. Cache-toi bien, ça m'empêchera pas de t'attraper si je veux ! » Mais ce soir, il n'avait pas la tête à la pêche. Il ne pouvait détacher ses pensées de ce petit-fils qui allait vivre à la Neuville.

Il espérait qu'Alain ferait quelque chose, qu'il trouverait une place dans un pensionnat assez loin d'ici et se raccrochait à cette issue sans trop y croire. Alain ressentirait la même honte que lui, et ses ambitions en seraient contrariées, mais il ne pouvait pas faire de miracle et s'en tiendrait sûrement à la volonté de sa mère.

Le soir tombait. Le bleu du ciel virait au gris, un peu de vent du nord faisait frémir les herbes. Valentin pensa à ses veaux qu'il était temps de mettre sous leur mère, à ses vaches qui réclamaient leur ration de foin.

Il remonta vers le hameau et ses pensées revinrent malgré lui vers celle qui les hantait depuis longtemps : Lise. Une grimace rida sa figure. Sa lâcheté lui pesait de plus en plus à mesure que les années passaient. Les remords le rongeaient, il ne voulait pas mourir ainsi. « J'irai tout droit en enfer ! » pensait-il souvent. Pourtant, ce n'était pas la peur d'aller griller chez le diable qui le poussait à soulager sa conscience, c'était la certitude d'avoir trahi un sentiment pur comme l'eau. Ce bel amour qu'il avait transformé en haine le salissait au plus profond de sa personne...

Il n'avait pas vu Lise depuis près de trente ans, mais y avait pensé tous les jours. Lise, c'était un peu lui. Ses vingt ans avaient ce nom au bout des lèvres. Quand elle arriva au pays, au début des années trente, avec ses parents, de misérables métayers installés dans une ferme de Lavialle, c'était une fillette maigrichonne aux beaux cheveux noirs et aux grands yeux marron. En plus du travail à la ferme, sa mère faisait la lessive pour les maîtres du château, les Bellegarde, des gens hautains et peu généreux. Lise, à dix ans, s'occupait de ses trois frères et faisait la cuisine. Elle gardait les cochons, gavait les oies et, quand elle avait un peu de temps, allait à l'école. Valentin ne parlait pas à cette miséreuse, lui, le fils de propriétaires !

La mère de Lise mourut d'avoir trop trimé et la jeune fille dut prendre sa place au château. Un jour, elle en eut assez des Bellegarde et décida de partir. C'était impensable à cette époque, le curé s'en était mêlé, mais Lise tint bon. Elle prit une place de serveuse au bistrot de la mère Jacquart, une femme mal embouchée qui rouspétait après les clients, mais Lise sut l'apprivoiser. En quelques mois, elle s'épanouit, devint une superbe jeune fille toujours souriante, et les clients fréquentaient de nouveau le bistrot de la mère Jacquart. C'est alors que le regard de Valentin se posa sur Lise et elle ne baissa pas les yeux.

Le beau temps qu'ils avaient eu pendant deux années beaucoup plus courtes que les autres ! Gustave, le père de Valentin, ne décolérait pas, mais cela n'avait pas d'importance. Et puis Valentin partit en Allemagne accomplir son service militaire. Quand il en revint, Lise était mariée avec Raymond Livouret, surnommé « le Montagnet » parce qu'il venait du plateau de Millevaches. Au début, les gens se méfiaient de lui, puisque c'était un étranger, mais avec le temps il prit sa place dans la commune. Lise et Raymond achetèrent le bistrot de la mère Jacquart qui n'avait pas d'héritier et Raymond reprit son métier de couvreur, jusqu'au jour où il tomba d'un toit et se tua. Veuve, Lise poursuivit son travail avec le fatalisme de ceux qui ne se savent pas faits pour le bonheur. « C'est vrai que les gens ont raconté n'importe quoi ! dit Valentin en s'arrêtant pour souffler à mi-côte. Et pourtant, ils n'avaient pas tort ! »

Cette vérité, tout le monde la connaissait à Saint-Germain. Quand l'enfant de Lise naquit en 1959, Raymond était mort depuis deux ans. L'événement fit un bruit considérable dans le pays. Le curé, austère et rétrograde, dans son prêche s'en prit à la femme perdue. Les mauvaises langues s'aiguisèrent et ne cessaient de parler de ce garçon à qui il fallait bien un père que l'on désignait ouvertement. Et ce père fut lâche au point de ne plus jamais retourner voir Lise et la laisser se débrouiller seule avec son enfant. Un mur de silence se fit entre cette femme montrée du doigt et l'homme qui avait été l'amour de sa vie, ce mur toujours debout...

Lise vendit le bistrot et partit faire des ménages à Brive pour élever son enfant. Et le temps passa, trop vite pour ceux qui ne souffraient pas, lentement pour d'autres. Denis, le fils de Lise, ne fut pas un brillant élève. Il rêvait de devenir agriculteur. Après son service militaire, il s'installa donc dans une ferme au village du Mas. Il s'était beaucoup endetté et surtout ne savait pas travailler. Au bout de deux ans, il dut abandonner son rêve et quitta la terre pour devenir ouvrier dans une usine qui fabriquait du parquet...

« Je peux pas mourir en laissant les choses comme ça ! dit Valentin aux arbres. Il faut que j'aille voir la Lise et Denis, que je le reconnaisse comme mon fils. C'est pour lui que j'ai gardé la propriété ! D'ailleurs, c'est le dernier des Lesmonnier ! »

Valentin ouvrit la porte de son étable, alluma et inspecta une à une ses vaches, comme s'il revenait d'une longue absence, s'arrêta devant le réduit où étaient attachés deux veaux qui tiraient sur leur chaîne. Pierrette arriva accompagnée de Grégory. Valentin se tourna et resta un moment immobile, comme pétrifié. Ses yeux ne pouvaient se détacher de la haute silhouette de son petit-fils.

— Bonjour, grand-père Valentin ! dit le jeune homme.

— Ma damnation !

Son premier regard sur ce visage sombre lui rappelait les traits de son père, le vieux Gustave ! Oui, la peau noire faisait ressortir cette ressemblance avec une étrange vérité, une force qui le laissait sans mots, tant cela lui semblait impossible. Il venait de recevoir un seau d'eau froide à la figure. Enfin le sang afflua de nouveau à ses joues, sa moustache se hérissa, ses lèvres s'animèrent.

— Détache les veaux ! On va pas rester ici jusqu'à minuit ! ordonna Pierrette.

— Mais tu vas pas me dire que...

Il ne trouvait pas d'autres mots. La présence de ce garçon rejeté depuis sa naissance et qui, malgré son visage noir, ses cheveux crépus, ressemblait au père Gustave, dans l'allée de son étable, le désarmait, lui qui, d'habitude, savait si bien se défendre, surtout quand il avait tort ! Il se glissa dans le réduit sombre des veaux. Le premier animal détaché gambada dans l'allée centrale en ruant. Grégory, éclaboussé par le purin, se recula vivement. Valentin bougonna :

— Fallait te pousser !

À son tour, le deuxième veau courut dans l'allée et s'arrêta devant Grégory qu'il regarda de ses gros yeux blancs. Valentin, armé d'un solide bâton, frappa l'animal.

Pierrette prit son seau de lait et sortit. Grégory l'accompagna. L'immensité de la nuit l'écrasait. Il resta un long moment sans bouger, face aux collines dont il devinait les rondeurs, et prêta l'oreille à tous ces bruits de campagne qu'il ne connaissait pas, cris d'un hibou, craquements... À la maison, le chien qui était resté enfermé lui fit de nouveau la fête. Valentin qui arrivait en fut étonné. À la lumière de la lampe qui éclairait directement sa figure, le vieil homme remarqua la régularité des traits du jeune homme. « J'aurais jamais cru qu'un Noir puisse être beau ! Il ressemble à ma statue en noyer ! » constata-t-il.

— Tiens, dit Pierrette à Grégory. Tu vas écrémer le lait !

Le garçon passa dans la petite pièce voisine qui servait de débarras, et découvrit la lourde écrémeuse fixée sur un épais bâti de bois. Il pesa sur la manivelle et la machine se lança avec un ronflement sourd.

— La saison avance ! dit Valentin. Demain, je vais mettre l'eau dans les prés du bas et il faudra labourer pour le maïs.

Il avait beau tenter de fixer ses pensées sur son travail, elles revenaient toujours à Grégory. Sa présence transformait la maison et il s'y sentait comme étranger, en proie à un sentiment plein de contradictions qui l'agaçait, comme un mal de dent. « Les chiens ne font pas des chats ! pensa-t-il. Celui-là a beau avoir une tête comme je serais fier d'en sculpter une dans du noyer ou plutôt du poirier, il reste le fils de son père et de sa mère. Faudra cacher les sous ! Et pourvu qu'il nous fasse pas des histoires avec les voisins ! »

Il s'assit à sa place habituelle pour manger sa soupe et constata, une fois servi, qu'il n'avait pas faim.

Une porte claqua ; Pierrette entra dans la chambre. Grégory avait mal dormi. La pensée de sa mère, seule à l'hôpital, ne l'avait pas quitté. Il l'avait imaginée, les yeux ouverts dans le noir, écrasée par la peur de la terrible épreuve qui l'attendait. « Une opération sans risque, avait dit le médecin. » Et pourtant, il ne pouvait se défaire d'un pressentiment qui lui mordait l'estomac.

— Debout ! fit la grand-mère de sa voix un peu rauque. Il va encore faire beau, mais le baromètre descend et il faut s'attendre à un changement de temps !

Grégory regarda sa montre : sept heures ! Une vive douleur lui pinça l'estomac : à l'hôpital, les infirmiers étaient venus chercher sa mère et l'emmenaient au bloc opératoire. Déjà, les sangles emprisonnaient ses poignets et ses chevilles, immobilisaient son corps qui allait être écartelé. Le chirurgien se préparait ; peut-être était-il en train de plaisanter avec ses aides : pour lui commençait une journée ordinaire.

Grégory s'habilla lentement. La veille, en arrivant à la gare de Brive, il avait redouté que son grand-père lui interdise d'entrer dans la maison, qu'il ordonne à Pierrette de le ramener au train... Valentin s'était contenté de faire une curieuse tête en le voyant. Le garçon, pourtant prompt à déceler les sentiments des autres par leur attitude, n'avait pu percer son masque. Il l'avait observé pendant qu'il aspirait le bouillon du bout de sa cuiller et ses gestes lents et lourds n'étaient pas ceux d'un homme sans générosité.

Dans la cuisine, Pierrette disposait un bol et du pain sur la table. Elle allait de son pas lourd qui faisait vibrer le plancher. Son visage contracté, ses gestes brusques indiquaient qu'elle pensait aussi à Nathalie. Grégory avait du mal à s'imaginer qu'elle était la mère de sa mère, que Nathalie avait vécu ici. Il ne la voyait pas mangeant à cette table, répondant aux interpellations de Pierrette.

— Et le grand-père Valentin ?

— Il s'occupe de ses vaches !

Le chien grattait à la porte, Pierrette l'ouvrit et il vint faire la fête à Grégory qui posa sa main sur le poil doux et chaud de l'animal, un contact qu'il découvrait agréable.

— Fais vite ! On doit être à huit heures et demie au collège ! précisa Pierrette.

Elle versa le lait dans le bol et Grégory huma la bonne odeur. Il avait faim et c'était une sensation agréable, différente de ses faims de la ville.

— Mange ! dit Pierrette en poussant vers lui le pain et le pot de confiture. T'es pas bien épais !

Ils partirent enfin. Pierrette avait pris son gros

manteau gris qui l'épaississait encore. Grégory se plia une nouvelle fois dans la petite voiture. Il ne pouvait détacher ses yeux de l'énorme tour Maronne qui dominait le pays, faisait peser sur lui sa démesure comme une menace imprécise.

Saint-Germain était tout en longueur, avec son église au clocher tordu, sa place, ses vieilles maisons qui devaient être déjà là au commencement du monde. Le collège se trouvait sur la colline, et dominait le vieux bourg. Les maisons neuves des professeurs avec leurs murs crépis de blanc, leurs tuiles rouges, apportaient un peu de couleur à la grisaille générale.

Les élèves entraient par groupes et se rassemblaient dans la cour. Grégory descendit de la 4 L. Une sourde angoisse l'étreignait. Tandis qu'il marchait à côté de sa grand-mère, des dizaines de visages se tournaient vers lui, des regards qui ne voyaient que la couleur de sa peau... À Paris, sa mère devait être endormie sur la table d'opération, comme morte. Le chirurgien coupait les os à la scie pour atteindre le cœur, et Grégory entendait les battements de ce cœur malade dans sa propre poitrine...

Le proviseur, M. Lettier, avait une cinquantaine d'années. Coiffé en brosse, sa tête haute, sa voix ferme, son regard fixe indiquaient l'homme d'ordre qui ne se laissait pas bousculer. Il n'ignorait rien du passé de la mère et du père de Grégory. Il observa le jeune homme un court instant et dit :

— Bon, si j'ai bien compris, tu viens finir l'année scolaire. Tes résultats ne sont pas très brillants ! On t'orientera en fin d'année. Tu dois aussi savoir qu'ici, c'est une maison où l'on ne badine pas avec la discipline !

L'avertissement cingla Grégory, le piqua au plus sensible de son être en le plaçant d'emblée du côté des coupables. Il lui semblait que s'il avait été blanc, M. Lettier lui aurait parlé autrement.

Le principal se leva et constata que Grégory était plus grand que lui.

— Tu vas me suivre. Je vais te conduire dans ta classe et te présenter à tes camarades.

D'un signe de la main, Pierrette dit au revoir à Grégory et s'éloigna. Le jeune garçon, tout à coup seul, suivit le principal dans la cour déserte. Ils arrivèrent dans un hall, empruntèrent un couloir aux cloisons vitrées. Dans les salles de classe, les élèves préparaient leurs cahiers et le dévisagèrent. Enfin, M. Lettier ouvrit une porte. Les adolescents se levèrent en un même mouvement.

— Mme Renent sera ton professeur de français ! dit M. Lettier qui ajouta à l'intention des enfants : Je vous présente Grégory Lesmonnier. Ses grands-parents habitent à la Neuville. Il vient de la région parisienne et restera ici au moins jusqu'à la fin de l'année !

M. Lettier invita Mme Renent à le suivre dans le couloir où il lui parla à voix basse. Grégory restait debout, près du bureau, trop grand, trop noir... Des remarques chuchotées, suivies de rires moqueurs, finirent de le mettre mal à l'aise.

Enfin, Mme Renent entra, ferma la porte et installa Grégory à la seule place libre, près de la fenêtre, à côté d'une jeune fille qui rougit.

— Pauline est une bonne élève ! précisa le professeur. Très appliquée, elle saura te conseiller si tu en as besoin.

Grégory n'avait pas entendu. Ses pensées étaient dans le lointain hôpital qu'il avait quitté la veille au matin. Dans le bloc opératoire, le chirurgien avait sorti le cœur malade de sa mère et l'examinait, comme un mécanicien inspecte une pièce défectueuse...

À la récréation de dix heures, les élèves firent cercle autour de lui et le pressèrent de questions sur sa vie en région parisienne. Il répondait de son mieux malgré l'angoisse qui le cisaillait. Des regards insistants pesaient sur lui. Après la curiosité vinrent les premières plaisanteries sur sa couleur. Il feignit de ne pas les entendre, mais il avait envie de crier son exaspération.

La matinée n'en finissait pas. Il se sentait isolé du monde et ne cessait de regarder sa montre, de sursauter chaque fois qu'il apercevait M. Lettier dans le couloir. À la récréation de l'après-midi, comme il s'était isolé dans un coin de la cour, trois garçons, Raphaël Laplanche et ses deux copains, Yannick Perchon et Édouard Petit, vinrent lui tenir compagnie. D'emblée, il se sentit en confiance auprès d'eux et leur parla de l'opération de sa mère et de la terrible incertitude dans laquelle il se trouvait.

— Tout s'est bien passé ! dit Yannick. Sinon, tu le saurais !

Cette bonne raison ne suffisait pas à le rassurer. À quelques pas, un groupe d'élèves s'était formé autour de Benoît Pardailloux, un grand maigre au nez démesuré qui envoyait des regards méchants à Grégory. Ce fut lui qui trouva son surnom, celui qui, désormais, lui collerait à la peau avec plus de vérité que son prénom :

— Eh bien, Bamboula, ça va comme tu veux ?

— C'est le fils du patron du Multi ! dit Raphaël. Il se croit tout permis, mais c'est un imbécile.

Grégory serrait les poings. L'angoisse qui lui mordait l'estomac lui donnait envie de frapper et les moqueries liées à la couleur de sa peau le blessaient plus que toutes les autres.

— On est avec toi ! insista Raphaël Laplanche.

Yannick Perchon et Édouard Petit se placèrent à côté de lui tandis que Benoît Pardailloux et quelques autres s'approchaient.

— Autant te le dire tout de suite, précisa Pardailloux, on veut pas de nègres ici. Alors tu ferais bien de déguerpir avant qu'il te soit arrivé des histoires !

Grégory ne reculait pas. Les garçons se défiaient du regard, prêts à en découdre, quand Édouard Petit s'écria :

— Merde, le pion !

Les deux groupes se séparèrent en se jurant de se retrouver à la première occasion. La récréation était finie, les élèves se rangèrent à la porte des classes. À la fin des cours, Pierrette attendait

Grégory et il ne répondit pas aux nouvelles provocations de Pardailloux. Laplanche, petit, mais trapu, lui serra la main.

— À demain. T'en fais pas, on est avec toi !

Grégory entra dans la voiture et claqua la portière.

— J'ai pas de nouvelles ! dit Pierrette. Ça commence à durer !

Grégory se renfrogna. Il avait espéré que, de l'hôpital, quelqu'un aurait pensé à appeler sa grand-mère. Une chape de plomb lui écrasait le corps.

À la Neuville, le silence et l'oppression sournoise de la tour Maronne augmentèrent l'angoisse de Grégory. Il avait l'impression de se trouver dans un village d'un autre temps : tout était vieux, les murs couverts de mousse qui délimitaient les chemins, les maisons aux antiques toitures et aux minuscules fenêtres, les gens...

— Il n'y a pas de jeunes ?

— Tout meurt ! bougonna Pierrette. Autrefois, il y avait plus de dix familles, et maintenant, regarde : Paul Préjent et sa Marinette sont près de prendre leur retraite. Il n'y a qu'une seule maison neuve, celle des Lombet, mais ils parlent d'aller s'installer à Brive. Je te dis, le pays meurt et dans vingt ans, il n'y aura plus personne à la Neuville.

— Moi, il me semble que je m'y plairais !

— Et tu crois que tu pourrais vivre ici, comme Valentin, à t'occuper des vaches et des champs ?

— Je sais pas pourquoi, mais ma mère m'a tellement parlé de la Neuville et du travail dans une ferme qu'il me semble que je les connais et que ça me plaît !

Grégory s'éloigna dans le chemin. Il éprouvait le besoin de marcher pour échapper au feu qui le dévorait. Sa première surprise passée, il n'était pas dépaysé : l'aspect de ce hameau que les évocations de sa mère avaient imprimé dans son imagination se confondait avec une réalité où il ne se sentait pas étranger.

Un garçon et une fille qui arrivaient du bourg à vélo s'arrêtèrent à sa hauteur. La fille était brune avec de longs cheveux qui flottaient dans son dos, le garçon, plus timide, resta en retrait.

— Tu es le petit-fils de Valentin et Pierrette Lesmonnier ?

Il fit oui de la tête et ajouta sur un ton un peu provocateur :

— Je suis le fils de Nathalie Lesmonnier, même si ça ne se voit pas !

Nathalie Lesmonnier ! Tout le monde connaissait ce nom, celui de la fille de Valentin qui avait fait de la prison...

— Nous, on habite la petite maison blanche au sommet de la côte ! dit la jeune fille. Je m'appelle Marie Lombet, et mon frère jumeau s'appelle Lionel. Notre père travaille à Brive et notre mère est la secrétaire de mairie.

Grégory était sensible au beau visage de la jeune fille, à son sourire franc, à sa voix agréable. De plus, elle ne le regardait pas comme les autres.

— Tu vas au collège ? demanda Lionel en lui

tendant la main. Tu n'as pas pu nous voir parce qu'on va au lycée à Brive. On laisse notre vélo à Saint-Germain, à l'arrêt du car...

Marie et Lionel remontèrent sur leurs bicyclettes puis s'éloignèrent. Grégory n'avait pas senti dans leur voix, dans leur attitude, ce rejet de certains Blancs. Le sourire de Marie lui avait mis un peu de soleil au cœur.

Pierrette lui avait dit que Valentin se trouvait probablement dans son atelier ou en train de défricher un petit lopin de terre abandonné depuis des années qu'il avait décidé de remettre en culture.

— Plus il vieillit, plus il a envie de travailler ! dit la grand-mère. Il doit pourtant savoir qu'il ne fera pas tout le travail !

L'envie de bavarder avec son grand-père poussa Grégory, les mains dans les poches, sur la pente ensoleillée. Ce soir, la tour Maronne se taisait, sa masse n'en était que plus imposante.

Il trouva Valentin en train de couper les ronces et les aubépines qui avaient poussé à l'emplacement d'un ancien potager abandonné. En retrait, il observa le vieil homme en bras de chemise, qui, la serpe à la main, se battait contre le fouillis végétal. Il frappait de grands coups sur les ronces dérangées qui dressaient leurs tentacules armés de puissantes épines. Les monstres végétaux se hérissaient, repoussaient l'outil, mais finissaient par plier sous la lame de métal qui s'abattait régulièrement avec ténacité et avançait, laissant à côté d'elle des tas vaincus.

Valentin sentit la présence de Grégory et se retourna vivement, son outil à la main. Le soleil éclairait le visage brun foncé du garçon, ce visage où Valentin reconnut encore les traits de son propre père, mais en plus purs, plus harmonieux. Il s'en voulut encore de le trouver beau.

— Qu'est-ce que tu fais là ? demanda-t-il froidement.

Il posa sa serpe, prit sa fourche et rassembla en tas les ronces qu'il ferait brûler plus tard...

— Je peux t'aider ?

— En voilà une question ! fit Valentin, surpris. Eh bien, prends la serpe et coupe les ronces !

Le jeune homme saisit l'outil, examina la lame en demi-lune, et frappa la masse de ronces blotties au sol. Les tentacules se déplièrent, s'accrochèrent au manche de bois, griffèrent les mains de Grégory qui poussa un cri. Valentin se mit à rire :

— Tu me fais un sacré paysan ! Avec toi, la sauvagine est bien tranquille !

Grégory se dressa face à son grand-père.

— Et qu'est-ce que tu croyais ? ajouta Valentin. Que la vie ici, c'était comme dans ta ville ? Moi, j'ai commencé à travailler à dix ans !

Valentin ramassa la serpe et les ronces cédèrent devant la lame, soumises à la volonté de l'homme qui reprenait ses droits.

— Cette terre, pour la connaître et la travailler, il faut y être né ! ajouta-t-il.

Grégory reçut cette parole comme une gifle en plein visage. Par ces mots, son grand-père lui reprochait tout à la fois : son père, sa mère et la couleur de sa peau. Quelque chose de profond, la certitude d'une ressemblance invisible saignait en lui et c'est ce qui attisait sa colère.

Il remonta au hameau, entra dans la maison où Pierrette préparait la soupe. Ça sentait bon le poireau et le navet. Le téléphone sonna. Prise d'un pressentiment, Pierrette tourna un regard interrogateur vers Grégory. La sonnerie retentit de nouveau. Enfin, d'un mouvement lent, elle prit le combiné, le porta à son oreille, cria un « non » strident, laissa tomber l'appareil et se tourna vers Grégory. Les larmes roulaient sur ses joues. Enfin, elle attira l'adolescent contre elle.

— Mon pauvre petit ! murmura-t-elle d'une voix que les sanglots étranglaient. Mon pauvre petit, qu'est-ce qu'on va devenir !

Elle se moucha, puis dit enfin :

— Ta mère est morte !

Depuis trois jours, Grégory ne savait plus où il était, ni qui il était. Il pataugeait au fond d'un gouffre putride, mort à son tour. Prostré sur le banc près du feu, il ne voyait personne et ne répondait pas aux douces sollicitations de Pierrette.

Pendant trois jours, il refusa de manger et fixait inlassablement le feu que Valentin, par habitude, pour occuper ses mains plus que par nécessité, continuait d'attiser. Le jeune homme ne pleurait pas. Ses yeux secs tournaient dans leurs orbites comme des yeux de dément.

Le lendemain du malheur, quand son oncle arriva à bord de sa grosse voiture, Grégory pensa un instant que les médecins s'étaient trompés, que sa mère n'était pas morte, mais avait seulement sombré dans le coma et venait de se réveiller. Un espoir insensé l'avait illuminé tout entier. Il fallut qu'Alain, assis à table, explique ce qui s'était passé : une réaction rarissime et imprévisible à l'anesthésie. Son cœur, trop faible, n'avait pu être réanimé.

Il parla ensuite de l'enterrement, du transport du corps par une société de pompes funèbres et de tas de détails administratifs plus horribles les uns que les autres. Enfin, Alain se tourna vers Grégory.

— Il sera de nouveau pris en charge par la DDASS comme cela s'est passé lors de l'incarcération de sa mère. Cet organisme désignera un juge tuteur...

— Il restera ici ! s'écria Pierrette.

— Ce n'est pas envisageable ! Grégory, dans son intérêt, doit apprendre un métier et vivre ailleurs qu'au bout du monde avec des vieux !

— Et pourquoi qu'il ne resterait pas ici ? Il aura de quoi faire ! Bientôt toutes les terres du village seront disponibles. Et puis, il m'a dit que ça lui plaisait !

— Ça, c'est pas possible ! fit Valentin d'un ton sec.

Alors, Grégory eut envie de crier l'injustice qui le frappait. Il n'avait que sa mère ! La seule personne qui l'aimait, lui le Noir, était morte, emportée par la maladie, exagérément punie pour des fautes dont elle n'était pas entièrement coupable, et Valentin ne voulait pas de lui !

Pendant trois jours, Grégory dormit très peu. Quand la fatigue l'emportait, il sombrait dans d'horribles cauchemars. Le visage de sa mère suppliciée l'implorait de l'aider. Il la voyait emportée par des monstres gluants, ou bien son corps déchiré, coupé en morceaux, baignait dans un sang putride. Et Grégory voulait l'aider, la prendre dans ses bras, mais ses jambes étaient lourdes et il ne pouvait pas marcher. Alors il criait et se réveillait en larmes.

En apprenant la nouvelle, Valentin n'avait pas bronché. Il s'était enfermé dans un silence pesant et s'occupait de ses vaches comme si rien ne s'était passé. Il saluait les rares gens qui venaient à la maison, avec un air résigné et fataliste. « C'est la vie ! disait-il. Le malheur n'oublie personne ! » Peut-être était-il content de ce dénouement qui coupait court à toutes les questions.

Joséphine s'était arrangée avec ses chefs à l'hôpital pour s'absenter et passait ses journées à la Neuville. Elle vouait à sa « grande » sœur une affection réelle et regrettait maintenant de ne pas avoir été plus présente auprès d'elle. Elle pleurait abondamment en serrant sa mère dans ses bras. Alain, qui ne pouvait laisser son cabinet, était monté deux fois en coup de vent. Sa femme, Maryse, avait passé le premier après-midi avec Pierrette, puis on ne la vit plus. Grégory avait le sentiment que la mort de sa mère délivrait son oncle et sa tante d'un boulet honteux qu'ils voulaient bien vite oublier.

Pour Grégory, tous ces gens qui s'agitaient autour de lui n'avaient pas plus de consistance que des fumées. Son monde s'était rétréci, réduit à cet immense chagrin qui tournait ses vrilles dans son corps. Demain n'avait plus de sens. Il ne vivait que l'instant, celui de sa douleur.

Le troisième jour, enfin, le corbillard arriva à la Neuville. Quelques personnes, les voisins, des parents qui avaient été avertis, s'étaient rassemblés en silence devant la maison. Quand il vit le cercueil, Grégory fut pris de tremblements. Il claquait des dents, son sang se glaçait dans ses veines. Entre ces belles planches vernies reposait l'horreur, le corps mutilé de sa mère. Il aurait voulu pouvoir la rejoindre, mourir à son tour, car devant ce cercueil, au milieu de ces quelques personnes, cette famille qu'il se découvrait, il prenait conscience de sa solitude.

Joséphine soutenait Pierrette qui sanglotait. À côté, Valentin se taisait. Sa veste propre, son pantalon de velours en faisaient un autre homme, plus bourru que d'ordinaire. Il tenait sa casquette à carreaux à la main, et baissait les yeux. À quoi pensait-il ? Ici, tous connaissaient le passé de sa fille et le regardaient avec attention pour déceler sur son visage impassible la moindre contraction, la moindre marque qui aurait trahi ses sentiments.

Alain et Maryse arrivèrent les derniers. Tous les visages se tournèrent vers le docteur Lesmonnier et sa femme que les vêtements de prix distinguaient de ces paysans ordinaires. Alain se composait une attitude de circonstance et restait grave, distant, saluant les gens d'un mouvement de la tête.

Pour se rendre à l'église, chacun regagna sa voiture. Grégory monta avec Joséphine et son mari, Julien. Pierrette et Valentin rejoignirent la voiture de Louis, le frère de Valentin, qui habitait Aubazine. En tête, le corbillard roulait lentement tandis que les cloches de Saint-Germain sonnaient le glas. Grégory avait l'impression de n'avoir aucun poids, de flotter dans un air épais. Son corps s'était vidé de sa substance, il ne savait même plus s'il était vivant.

Le corbillard s'arrêta sur la place. Des hommes en costume noir déchargèrent le cercueil et entrèrent dans l'église, suivis d'une dizaine de personnes : Nathalie avait quitté le pays depuis plus de vingt ans et on ne gardait d'elle que le souvenir de ses années de prison. Dans le silence, Grégory entendait le bruit des semelles sur les dalles de granite, un bruit résigné et grave dans la maison de la justice suprême. Soutenu par sa tante et sa grand-mère, un bourdonnement puissant broyait le cœur du jeune homme. À la fin de la cérémonie, quand les quatre employés des pompes funèbres soulevèrent le cercueil et qu'ils sortirent, suivis de la foule silencieuse, il sentit ses jambes se dérober sous lui. Il dut se tenir au bras de Joséphine qui lui prit la main et la serra très fort.

Dans le cimetière, devant le caveau des Lesmonnier, le curé bénit une dernière fois le cercueil posé sur des escabeaux, puis les quatre hommes prirent chacun une poignée dorée et firent glisser la longue boîte de bois aux couleurs chaudes, trop belle pour être condamnée à une nuit éternelle, dans la gueule de pierre ouverte comme une bouche de l'enfer. Alors, dans un silence de plomb montèrent les sanglots d'un adolescent noir et tous les visages se tournèrent vers lui. Joséphine lui serra la main à en écraser les doigts et de l'autre main, attira la tête de Grégory sur son épaule.

— Pleure ! lui souffla-t-elle à l'oreille, ça fait du bien !

À la fin de cette cérémonie bâclée, chacun était pressé de rentrer chez soi. Alain et Maryse se rendirent à la Neuville, mais ils ne restèrent pas déjeuner : Alain avait beaucoup trop de travail, et la vie continuait. Valentin se changea rapidement et alla à son étable : ses vaches avaient besoin de lui. Joséphine et Julien restèrent jusqu'en milieu d'après-midi, mais ils devaient aussi partir pour récupérer leurs filles à la sortie de l'école.

Grégory restait seul. Désormais, il ne serait nulle part chez lui. Il repensa un instant à cette vieille femme chez qui il avait été placé pendant six mois dans sa petite enfance. Il ne gardait aucun souvenir de ce séjour, mais sa gardienne, qui se faisait appeler mamy Suzanne, venait le voir souvent chez sa mère. Et mamy Suzanne était généreuse : elle n'oubliait jamais les anniversaires et les Noëls. Ses visites cessèrent quand Grégory eut sept ans : mamy Suzanne était partie au ciel, près du bon Dieu...

Le départ de cette vieille dame à laquelle il s'était attaché le ramena à l'image précise de sa mère pendant les derniers mois de sa vie, quand la fatigue était chaque jour plus lourde à porter, quand elle espérait que l'opération lui donnerait une nouvelle jeunesse. Elle avait quarante-trois ans et elle les aurait pour toujours.

Deux semaines avaient passé depuis l'enterrement de Nathalie Lesmonnier. Pendant la première semaine, Grégory s'était enfermé dans un mutisme profond ; il errait dans le hameau, ne répondant pas aux gens qui lui parlaient, sourd aux appels de sa grand-mère. Emprisonné dans sa douleur, le jeune garçon ne pensait à rien. Seule l'image du cercueil qui s'enfonçait dans la bouche d'ombre du caveau restait présente à son esprit. C'était lui qu'on avait enterré, lui qui avait disparu sous la lourde dalle avec les ancêtres Lesmonnier dont sa mère lui avait souvent parlé : la grand-mère bossue, le grand-père, Gustave, avare et aussi bourru que Valentin. Les deux hommes ne s'aimaient pas, mais ils ne se disputaient jamais. « Dans cette maison, lui avait expliqué Nathalie, rien ne se dit. L'amour, la haine restent au fond des cœurs. Ma mère a pleuré tous les jours pendant des années, mais elle ne s'est jamais plainte, elle n'a jamais fait le moindre reproche à mon père. Chez les Lesmonnier, on ne parle et on ne se dispute que pour les choses superflues ;

les autres, celles qui pourraient remettre en cause l'ordre établi, sont bannies ! »

Valentin était sensible au désespoir de Grégory, même si cela ne changeait rien dans ses résolutions. « Pauvre petit négro, pensait-il. Il me fait penser au chien qu'on avait quand mon père est mort. Chaque matin, il l'attendait à la porte et le cherchait toute la journée dans les chemins ! » Mais Valentin ne montrait pas ses sentiments. Il se contentait de suivre le jeune homme de loin et de s'apitoyer quand Grégory, assis au bord d'un chemin, pleurait, la tête sur ses genoux.

La deuxième semaine, Pierrette estima qu'il était temps de reprendre une vie normale. Grégory devait cesser de penser toujours à la même chose et retourner au collège :

— Il faut vivre ! Ce qui est ne peut pas se changer. Toi, tu restes, et ta mère, qui te voit du ciel, veut que tu retournes à l'école, que tu reprennes le dessus !

Grégory ne s'y opposa pas. À l'école ou ici, dans les chemins creux, l'errance serait la même. La blessure de cette partie de lui-même qu'on avait injustement arrachée ne se refermerait jamais.

Au collège, les professeurs et beaucoup d'élèves l'entourèrent comme un malade. Cette sollicitation lui plut un court instant puis l'agaça. Il n'était pas un mendiant de sourires, et personne ne pouvait comprendre ce qu'il endurait. Pardailloux et ses copains restaient en retrait, mais Grégory comprenait, aux regards du garçon, combien il le haïssait, combien il était heureux de son malheur et qu'au premier relâchement de la solidarité, il reprendrait le harcèlement.

— Il dit que sa mère est morte d'une maladie du cœur ! précisait méchamment Pardailloux C'est faux, elle s'est fait buter par des complices !

De leur côté, Joséphine Lebuissac et le docteur Alain Lesmonnier ne restaient pas inactifs. Joséphine, désormais de l'avis de son frère, était persuadée que, dans l'intérêt de Grégory, il fallait trouver un placement en foyer. L'adolescent devait fréquenter des jeunes de son âge, apprendre un métier et ne pas vivre coupé du monde comme c'était le cas à la Neuville.

Tout en roulant sur la route tortueuse de Saint-Germain, la jeune femme pensait à ce que lui avait dit Alain : « Notre mère est fragile. Le coup qu'elle vient de recevoir peut avoir des conséquences graves pour sa santé. Ce n'est pas le moment de tergiverser et risquer un nouveau malheur ! »

En arrivant au hameau, la lourde tour Maronne, dressée entre ses noyers, la ramena à son enfance. Neuf ans de moins qu'Alain, sept de moins que Nathalie faisaient d'elle la petite dernière que cajolait la grand-mère bossue. Pourtant, elle n'avait pas oublié les larmes silencieuses de sa mère quand son père, le soir, après s'être occupé de ses vaches, prenait une veste propre et s'en allait dans la nuit pour ne revenir qu'au petit matin. Elle n'était encore qu'une toute petite fille de huit ans qui ne comprenait rien au monde sordide des adultes, pourtant ces images étaient restées nettes et vivantes dans sa mémoire !

Elle gara sa voiture derrière la 4 L blanche. Pierrette, qui arrachait les mauvaises herbes de ses jardinières avant les plantations de printemps, se dressa, s'étonna de cette visite en semaine. Joséphine embrassa sa mère qui fronça les sourcils :

— Toi, tu as quelque chose qui ne va pas. Tu fais une tête de déterrée !

C'était vrai ! Elle n'arrivait pas à se remettre de la perte de Nathalie, car elle se sentait coupable de ne pas l'avoir suffisamment aidée, surtout à la fin de sa vie. Elle sombrait dans des crises de larmes, des colères sans raison et s'en prenait à tout le monde.

— Tout va s'arranger ! répondit Joséphine en soupirant. Je suis un peu fatiguée. Depuis deux semaines, je suis du matin et je me lève à cinq heures !

Pierrette posa son outil, se rinça les mains à l'évier et proposa une tasse de café à sa fille.

— Ton père doit être dans le jardin du bas. Il a décidé de le défricher. Ce pauvre homme ne supporte pas de voir les ronces envahir les champs et les prés. Je le comprends : si on laisse faire, la sauvagine sera bientôt devant nos portes et dans nos maisons !

— Et avec Grégory, comment ça se passe ?

— Ce garçon a beaucoup de courage, mais ce qui lui arrive est trop lourd pour ses épaules qui sont encore aussi fragiles que celles d'un petit enfant. Il faut du temps...

Pierrette, qui était croyante, ne comprenait pas que Dieu ait envoyé autant de malheurs sur cette maison. « J'ai eu ma part, pourtant ! Je croyais que j'avais payé pour les autres et que mes enfants seraient à l'abri ! Le monde est trop dur ! » disait-elle en pensant aux pires moments de sa vie, d'abord l'époque de Lise qui dura deux longues années et ce jour de printemps quand les gendarmes vinrent lui annoncer que Nathalie était en prison...

— Avec Alain, on se fait du souci ! poursuivit Joséphine. Grégory doit penser à son avenir, qui n'est pas ici !

Pierrette se moucha et versa le café fumant dans les tasses avant de répondre :

— Qu'est-ce que vous en savez ? Ce pauvre petit n'a personne pour lui, rien ! Vous n'allez quand même pas l'envoyer je ne sais où ? Ici, je peux m'occuper de lui et l'aider à relever la tête ! Et puis, il aime les bêtes et la terre, ça se voit !

— Il a bien un père !

Un silence suivit cette affirmation. Bien sûr, Grégory avait un père quelque part en prison ou ailleurs. Pierrette redoutait parfois de le voir débarquer à la Neuville.

— Alain dit que tu as le cœur fragile ! Il faut que tu te ménages !

— Alain me casse les pieds ! répondit Pierrette. Je sais ce que j'ai à faire !

Joséphine n'insista pas et parla de ses deux

fillettes, Paule et Aurélie. Julien, son mari, allait passer chef d'équipe, ce qui lui permettrait d'avoir un meilleur salaire.

— Ce sera pas de trop ! précisa Joséphine. Avec les traites de la maison, l'emprunt de la voiture... Il faut compter chaque dépense !

— On ne doit pas regarder au-dessus de sa tête ! Il faut faire avec ce qu'on a ! C'est la seule règle ! dit Pierrette. Et, pour en revenir à Grégory, on va peut-être penser que je suis trop vieille pour m'occuper de lui, et pourtant je suis la seule qui ai la poitrine assez large pour qu'il y pose sa tête sans honte !

— Ce qu'on veut, avec Alain, c'est que tout se passe au mieux pour lui, et pour vous !

Le lendemain, en début d'après-midi, Alain lui-même arriva à la Neuville. Il ne décolérait pas, face à l'obstination de sa mère. En ce sens, il était bien le fils de Valentin. Cette vivacité lui avait fait commettre plus d'une bourde au début de son engagement politique, désormais il avait appris à se maîtriser.

Pierrette poursuivait le nettoyage de ses parterres et ne s'étonna pas quand la grosse voiture de son fils se gara sous le tilleul. Alain venait rarement et surtout pas en semaine, mais elle l'attendait : après la visite de Joséphine, qu'il avait envoyée, il intervenait lui-même, mais Pierrette ne céderait pas.

Alain embrassa sa mère qui tenait ses mains pleines de terre derrière elle pour ne pas salir le beau costume de son fils. Elle fit semblant de s'étonner.

— Oui, précisa Alain, comme s'il poursuivait une conversation entamée quelques instants plus tôt, je viens pour te parler de mon neveu. Le juge qui va régler son cas m'a demandé d'être son tuteur. J'ai refusé, je préfère qu'il soit pris en charge par la DDASS, comme cela a été déjà le cas lorsque sa mère était... disons, lorsque sa mère ne pouvait pas le garder.

Pierrette le regarda, soupçonneuse :

— Tu veux dire que tu veux placer ton neveu à l'Assistance publique ?

— Ces mots ne veulent plus rien dire. De nos jours, ces services sont bien organisés et ne s'occupent pas que des miséreux !

— J'ai bien compris ! fit Pierrette en durcissant le ton. Ton travail est plus important que ce pauvre garçon qui te gêne ! Moi, j'aurais honte à ta place de parler comme ça !

— Peut-être, mais c'est dans son intérêt. Les gens dont c'est le métier sont au courant des lois et des filières que peut suivre Grégory. Moi, je passe ma vie dans mon cabinet, c'est ma manière à moi de servir les autres.

Il s'était placé en membre de la famille, en chef qui devait prendre des décisions graves. Il adoptait une attitude sérieuse, un peu fataliste. Valentin, qui avait entendu la voiture, arriva de son étable. Des brins de foin pendaient à sa veste. Les deux hommes se saluèrent de la tête, mais ne s'embrassèrent pas.

— Écoute, Alain, reprit Pierrette en se dressant, tu n'as pas le droit de parler comme ça. Mon petit-fils a besoin de moi, parce que je suis la seule à pouvoir comprendre sa peine, à pouvoir l'aider. Alors, il restera ici !

— Mais maman, tu n'y penses pas ? Tu as le cœur fragile !

Puis, se tournant vers Valentin, il ajouta :

— Pour le père de Grégory, je me suis renseigné. Après avoir purgé une peine de six ans de prison, il est reparti à la Réunion et n'a plus fait parler de lui !

Valentin fronça les sourcils. Sa moustache se hérissa.

— Ce garçon ne peut pas rester ici ! dit-il en détachant bien ses mots.

Pierrette rougit. Son regard se fit dur.

— Vous êtes une fois de plus assez faux, tous les deux, pour ne pas dire le fond de votre pensée ! C'est parce qu'il est noir que vous voulez vous en débarrasser ! Eh bien, c'est du beau !

— C'est parce que vous êtes vieux ! fit Alain qui s'impatientait. Ce garçon, dont vous ne pouvez pas prévoir le comportement, a besoin d'éducateurs pour entrer du bon pied dans la vie !

Alain regarda sa montre ; le temps passait si vite, ce temps précieux pour le médecin !

— Bon, je file, j'ai une pleine salle de patients qui m'attendent. Réfléchissez : la propriété et Grégory, ça fait beaucoup trop pour des gens de soixante-dix ans !

Au collège, la première bagarre éclata trois jours après le retour de Grégory. Le grand Benoît Pardailloux voulait, une fois de plus, épater un groupe de filles dont la blonde Gaëlle Préjent à qui il faisait passer des mots doux à chaque récréation et auxquels elle répondait par le mépris. Benoît aimait se moquer des autres pour se mettre en valeur. Il s'approcha de Grégory, les mains dans les poches, un sourire méprisant aux lèvres.

— Alors, Bamboula, tu es descendu de ton cocotier ?

Selon la manière dont ils sont dits, certains mots ont plus ou moins d'épines. Avec ce « Bamboula » auquel il croyait s'être habitué, Grégory en reçut une brassée. Le sentiment d'injustice ressenti depuis la mort de sa mère avait l'occasion de s'exprimer par la colère. Une lueur rouge s'alluma devant ses yeux. Son poing s'écrasa sur le visage de Benoît qui n'avait pas eu le réflexe de s'esquiver. Un coup de pied au bas-ventre le fit rouler par terre. Ses copains s'approchèrent pour prendre sa défense, mais Raphaël Laplanche, Yannick Perchon et Édouard Petit se rangèrent du côté de Grégory et les menacèrent, les poings en avant. D'autres élèves se rangèrent en cercle autour des belligérants pour les encourager et profiter du spectacle.

Alerté, M. Tendraut, le surveillant général, se fraya un passage dans l'attroupement. Il était petit, aussi large que haut. Les élèves le redoutaient parce qu'il parlait peu, ses ordres taillaient comme des lames.

— Qu'est-ce qui se passe encore ?

Sa présence arrêta net les hostilités. Grégory, la veste déchirée, se dressa au milieu de l'attroupement.

— C'est lui qui a commencé ! dit une voix. Il a frappé Benoît !

— C'est Benoît qui l'a cherché ! cria Laplanche qui se massait la tempe.

Le regard dur de M. Tendraut se braqua sur Grégory, un regard terriblement raciste. L'adolescent riposta, bien décidé à ne pas se laisser faire :

— Il m'a appelé Bamboula !

M. Tendraut aimait l'ordre et la discipline. Il ne voulait pas laisser se dégrader le climat studieux de l'établissement par un Noir provisoirement placé ici parce que l'école était obligatoire jusqu'à seize ans.

— Allez chercher M. le principal.

Deux garçons, trop contents de jouer un rôle, partirent en courant. Quelques instants plus tard, M. Lettier arriva, toujours très strict, la démarche raide, la tête haute et le regard sévère. Benoît, qui s'était relevé, grimaçait encore.

— Qu'est-ce qu'on me dit ? fit M. Lettier en se plaçant devant Grégory. Voilà que tu t'es battu ? Je sais que tu dois surmonter une terrible épreuve, mais ce n'est pas une raison pour semer la pagaille dans cet établissement !

— C'est pas lui qui a commencé ! s'écria Yannick Perchon.

— T'occupe pas de ça !

Puis se tournant vers Benoît, le principal ajouta :

— Quant à toi, tu ferais bien de te tenir tranquille. Je te connais assez pour savoir que tu l'as provoqué !

Il ordonna aux élèves d'aller se ranger devant leur classe. Grégory restait en retrait. Le principal lui fit signe de le suivre :

— J'ai à te parler.

Quand ils passèrent à côté du portail d'entrée, le garçon jeta un regard rapide à M. Lettier qui marchait, absorbé par d'autres pensées. Alors Grégory, sans réfléchir, s'élança, courut au portail qu'il franchit et descendit la rue déserte à toutes jambes. M. Lettier fut tellement surpris par cette réaction inattendue qu'il resta un moment indécis.

— Faut le rattraper ! cria-t-il à M. Tendraut en se dirigeant vers le parking où était garée sa voiture.

Grégory courait sans réfléchir, échappait à ce collège, à l'humiliation permanente des regards, aux moqueries qui l'empêcheraient toujours d'être lui-même, aux allusions à sa mère et à son père qui lui faisaient tant de mal... Et à Bamboula qui le ramenait au niveau de l'idiot du village !

Il dépassa l'église, traversa la place, tourna à droite sur la petite route qui conduisait à la Neuville et s'enfonça dans le bois en pente au-dessus de la Vézère.

Une fois à l'écart de la route, il s'arrêta, hors d'haleine. Une voiture passait lentement et se dirigeait vers la Neuville. C'était probablement M. Lettier qui allait avertir Pierrette. Aucune importance !

Il suivit la pente entre les arbres, froissant les feuilles mortes du pied. Une odeur de terre et de mousse montait du sol. Le printemps était là, mais Grégory ne connaissait rien de la nature et n'entendait pas le geai qui poussait son cri strident, avertissant de sa présence tous les habitants de la forêt.

Il marchait au hasard et pensait à Marie et Lionel Lombet, les jumeaux de la Neuville. Ces deux-là étaient du même camp que Laplanche, Perchon et Petit. Ils n'avaient pas dans le regard cette curiosité étonnée qui l'écrasait, le rabaissait !

Tout à coup, il s'arrêta, se figea, horrifié ; une vague gelée l'étreignit. Devant lui, un sanglier qui ne l'avait pas vu humait l'air, son énorme hure levée. La bête l'aperçut enfin, poussa un grognement puissant et s'éloigna dans un bruit de brindilles cassées. Grégory resta un long moment tremblant, incapable de bouger. C'était le premier gros animal sauvage qu'il voyait. À la télévision, lions et tigres n'avaient pas cette imposante présence, cette proximité si redoutable.

Il voulut faire demi-tour, mais constata qu'il s'était perdu. Tous les arbres se ressemblaient, et le silence, qui figeait les collines et le ciel, l'assommait. Il arriva à un ruisseau, sûrement un petit affluent de la Vézère, suivit son cours jusqu'à la grande rivière, dépassa les ruines d'un moulin recouvertes de ronces. Un sentier entre des touffes d'herbes jaunes grimpait à flanc de colline. Dans une trouée de branches, il aperçut le sommet de la tour Maronne et ses choucas qui voletaient en croassant. Il s'y engagea.

Le soir tombait, mais Grégory ne sentait pas la fraîcheur de l'air, terrorisé par la perspective de passer la nuit dans la forêt. Le sentier débouchait enfin sur un véritable chemin empierré où il vit des traces de pneus. Un petit vent lui apportait une odeur d'herbes brûlées. Il aperçut alors une épaisse fumée noire au-dessus des châtaigniers. Il s'approcha en se dissimulant. Cette fois, il reconnaissait les lieux : il arrivait au potager de Valentin. Le grand-père, qui ne l'avait pas vu, attisait un gros feu de ronces et d'aubépines. Les flammes crépitaient, la fumée noire s'étalait en lourdes volutes. Valentin rassemblait les branches, les poussait sur les braises qui lâchaient des nuages d'étincelles. Cette scène trouvait en Grégory des échos profonds jusque-là insoupçonnés.

Miro qui l'avait senti vint lui faire la fête. Valentin se tourna dans sa direction. Grégory sortit de sa cachette, poussé par une force dont il ne comprenait pas la nature, faite d'attirance et de répulsion, comme si au fond de lui le lien naturel qui l'unissait à cet homme et à ce pays combattait ce qui l'en éloignait.

— Qu'est-ce que tu fous là ? demanda Valentin. On te cherche depuis des heures ! La Pierrette est dans tous ses états ! Paraît que tu t'es battu ?

— C'est Pardailloux qui a commencé !

Valentin le regardait intensément. Ce sentiment bizarre qu'il avait ressenti le premier jour, en voyant Grégory dans l'étable, au milieu de ses vaches, était toujours là, au fond de lui, prêt à grossir, comme une plante monstrueuse au milieu des semis. « Jamais avant celui-là, pensait-il, j'aurais cru qu'un Noir puisse être comme ça ! » Le beau visage de Grégory, sa couleur de vieux bois ciré réveillaient en lui les émotions du sculpteur qu'il combattait avec des mots crus, comme pour mieux se persuader : « Un Lesmonnier noir, ça ne se peut pas ! »

— Bon ! dit-il en plantant sa fourche dans la terre. C'est l'heure d'aller s'occuper des vaches.

— Je peux venir avec toi ?

Valentin, sans un mot, fit le tour du feu qui s'éteignait et s'en alla de son pas lourd vers le hameau. Grégory marchait à côté de lui, silencieux. Tous les deux éprouvaient la même sensation qui étreignait le jeune homme et contrariait le vieux. « C'est pas possible, pensait encore Valentin. Quand je dis que c'est pas possible ! » À mi-côte, essoufflé, il s'arrêta.

— C'est que j'ai soixante-dix ans ! dit-il pour justifier ce petit repos.

Il regarda encore Grégory et détourna la tête pour ne pas montrer ce qu'il pensait. Il n'arrivait pas à s'habituer à la ressemblance du jeune homme avec le vieux Gustave, une ressemblance sublimée : les traits plutôt grossiers de Gustave étaient chez Grégory harmonie de lignes, douceur d'expression. Denis, le fils de la Lise, ressemblait-il aux Lesmonnier avec autant de grâce ?

— Bon, on repart ! dit-il en reprenant la marche.

Valentin cachait à Pierrette cette sensation croissante de fatigue qui pesait sur lui depuis la mort de Nathalie. Cette mort, l'enterrement à la sauvette d'une fille reniée avaient ouvert en grand la porte des remords et des regrets, le mettant en face d'une vie ratée, parce qu'il avait toujours pensé à lui avant les autres, une vie qui pouvait s'arrêter à tout instant puisqu'il s'affaiblissait de jour en jour. Il poussa un soupir.

— On est bien piètre ! dit-il.

Grégory le regarda avec curiosité, mais ne lui posa pas de question. « Faut que j'aille voir la Lise ! Il faut que je me décide avant que ce soit trop tard ! » pensa le vieil homme en grimaçant à chaque pas.

Il entra dans l'étable, alluma la lampe et inspecta une à une ses vaches comme il le faisait chaque soir. Les douze bêtes issues d'une longue sélection étaient toute sa fierté et il les montrait volontiers aux connaisseurs pour leur faire envie.

Tout à coup, il entendit comme un bourdonnement, mais ce n'était pas la tour Maronne que le vent agaçait, non, c'était un bruit né dans sa tête et sa vue se troubla. Il chancela et dut s'appuyer contre le poteau de bois entre deux crèches. Grégory s'approcha.

— Ça va pas ?

Valentin secoua la tête, souffla et reprit sa marche.

— C'est rien ! Bon, je vais détacher les veaux.

— Tu veux que je le fasse ?

Valentin regarda Grégory, incrédule. Lui, ce garçon de la ville, pouvait-il savoir détacher un veau ?

— T'en fais pas ! Je vais le faire. Un veau, c'est traître, ça te donnerait un coup de pied qui te casserait une jambe !

Il entra dans le réduit et détacha les deux jeunes animaux qui gambadèrent dans l'allée centrale. Grégory les regardait avec une curiosité amusée. Dans cette étable, il découvrait un monde nouveau qui le fascinait.

Pierrette arriva. Quand elle vit Grégory, son visage se durcit, puis elle se ravisa. Grégory ne méritait pas d'être grondé. Sa colère n'était que l'expression d'une détresse profonde qu'elle devait l'aider à combattre.

— Demain, tu iras t'excuser auprès de M. Lettier ! se contenta-t-elle de dire.

Le lendemain, elle accompagna le jeune homme jusqu'au bureau du principal.

— Pourquoi tu t'es enfui ? demanda M. Lettier. Je ne voulais pas te faire des reproches, mais seulement te parler, t'expliquer certaines choses !

Ce jour-là, il comprit que M. Lettier, derrière le personnage sévère qu'il se composait, était un homme de cœur.

Mars céda la place au mois d'avril pendant une période de petits orages de printemps. Il faisait encore doux, ce que Valentin considérait comme une menace : « C'est un coup à geler tous les bourgeons et toutes les fleurs ! Un printemps trop doux n'est jamais bon ! »

Pierrette avait obtenu de l'organisme de tutelle de garder Grégory jusqu'à la fin de l'année scolaire. Valentin avait bougonné, puis s'était résigné en précisant :

— C'est pas ici qu'il apprendra la vie !

Pierrette avait compris, et se révoltait :

— C'est parce qu'il est noir que tu parles comme ça !

C'était vrai : il n'imaginait pas qu'un Noir puisse vivre et travailler à sa place dans la propriété des Lesmonnier. Et cette défiance le poussait vers des peurs sordides : « Pense que son père pourrait revenir avec toute une tribu d'étrangers sur ma terre, dans mes bâtiments, ma maison ! »

Grégory ne parlait jamais de sa mère, pourtant

Pierrette savait qu'il y pensait tout le temps. Le jeune homme se murait dans un mutisme lourd, et préférait la solitude des chemins autour de la Neuville à la compagnie des autres jeunes. Pierrette l'incitait à aller avec Lionel et Marie Lombet, mais il refusait.

— C'est pas bon de tourner toujours les mêmes pensées dans sa tête ! s'exclamait-elle.

Au collège, ses trois copains, sensibles à son malheur, étaient toujours prêts à se ranger de son côté quand Pardailloux venait le provoquer. Raphaël Laplanche était petit, mais massif, le regard de jais, les cheveux en brosse. Extrêmement vif, il savait, par ses paroles ou ses silences, réconforter Grégory. Yannick Perchon vivait seul avec sa mère et avait très peu de moyens. Cette pauvreté, qui l'isolait des autres, l'avait probablement rapproché du nouveau venu. Grégory enviait son visage parfait, ses beaux cheveux blonds et ses yeux bleus. Édouard Petit l'amusait par ses histoires invraisemblables. Ce fils de cantonnier débordait d'imagination et s'inventait des aventures rocambolesques qu'il racontait avec de grands gestes.

La deuxième semaine d'avril, le temps resta humide. Le ciel brumeux noyait les collines ; un petit crachin mouillait le visage.

— Rien de grave ! précisa Valentin. Pluie d'avril est bonne pour le fournil !

Il avait sorti son tracteur devant la grange et l'inspectait après plusieurs mois d'inactivité. Il voulut fixer la charrue pour aller labourer, mais il la trouva anormalement lourde. Grégory, qui le regardait, s'approcha, souleva la charrue et la positionna. Alors, Valentin, à genoux entre les roues du tracteur, leva vers lui un visage curieux.

— Tu sais faire ça, toi ?

— J'aimerais travailler avec toi, m'occuper des vaches et des champs...

Valentin resta un moment silencieux, puis, baissant la tête, comme honteux, dit :

— Ça se peut pas ! Ça se pourra jamais !

Ce refus, Grégory le recevait comme un coup d'épée à travers le corps. Il s'éloigna, laissant Valentin se débrouiller avec ses charrues trop lourdes pour ses vieux bras. Une vache meuglait. Le jeune homme se rendit à l'étable, poussa la porte. L'intérieur était sombre, mais très vite ses yeux s'habituèrent et il discerna les énormes animaux qui le regardaient. Il aimait leur calme placide, leur tranquille assurance. L'étable échappait au temps et aux saisons. Il y faisait toujours bon. Les heures passaient, identiques, ponctuées par les visites de Valentin. Grégory aurait voulu être une vache et échapper à la réalité à laquelle il ne s'habituerait jamais ! La chaîne qui les retenait à leur crèche douillette garantissait leur tranquillité.

Il s'approcha de la bête qui se trouvait près de la porte et tendit la main vers son museau. Du bout des doigts, il toucha la peau mouillée du mufle, puis le poil chaud entre les yeux. Et la vache lui lécha la main de sa langue râpeuse.

— Mais tu es gentille, toi !

Quelques instants plus tard, Valentin, qui avait remarqué la porte ouverte, arriva. Ce qu'il voyait le laissait perplexe. Grégory avait posé son bras sur le cou de la vache et lui caressait le front. Valentin sentit monter en lui une colère malsaine qui exprimait sa jalousie. Comment cette bête, d'ordinaire vive avec les étrangers, pouvait-elle se laisser caresser sans réagir par ce jeune Noir ? N'avait-elle pas vu que Grégory n'était pas comme les autres ?

— Qu'est-ce que tu fais là ? demanda-t-il, bourru.

— Je caresse la vache ! répondit le jeune homme en souriant.

— Tu ne te rends pas compte qu'elle peut te donner un coup de corne ?

— Mais non ! Regarde comme elle est douce !

— Les vaches sont pas des jouets ! insista le grand-père. Et tu n'y connais rien !

Grégory fit la grimace. La colère montait en lui et il avait envie de crier, de frapper. Valentin s'avança dans l'allée centrale.

— Je te gêne, c'est ça ? Dis que je te gêne ! fit le jeune homme, droit en face de son grand-père.

Valentin ne soutint pas son regard, au contraire, il baissa la tête. Il alla chercher sa fourche et écarta un peu de paille sous les animaux.

— C'est parce que je suis noir que tu ne m'aimes pas ? insista Grégory.

Alors, le vieil homme se dressa, s'appuya sur sa fourche.

— Qu'est-ce que tu me racontes là ?

— La vérité, mais t'en fais pas ! poursuivit le garçon. Je vais demander à partir le plus loin possible ! Je ne te gênerai pas longtemps !

Valentin baissait de nouveau la tête. Il resta un moment ainsi, à regarder l'allée centrale couverte de brindilles de paille, puis s'éloigna sans un mot. Ce que lui avait dit Grégory lui faisait mal !

Grégory sortit de l'étable, aveuglé par la colère. Sa place n'était pas ici, ni ailleurs ! Le crachin picotait toujours son visage. Le jeune homme traversa la prairie en contrebas. Le hameau, devant lui, était écrasé par la masse sombre de la tour Maronne. Les toits gris dépassaient les hautes branches des noyers. Maudits toits ! Maudites maisons pires que des prisons ! Elles commandaient ce pays, conduisaient les pas des hommes, d'une génération à l'autre, insensibles aux siècles. Ceux qu'elles abritaient étaient nés dans leurs murs, l'étranger ne pouvait jamais y trouver asile. Grégory regrettait les vastes cubes anonymes de la ville et leurs alvéoles carrées, si nombreuses qu'on les confondait.

Il suivit un chemin qui descendait en pente douce vers la vallée, arriva dans une prairie où, près de la haie, une jeune fille accroupie, armée d'un couteau, cueillait des plantes. Marie Lombet, qui l'avait entendu, leva la tête vers lui et sourit.

— Bonjour, Grégory !

Il s'approcha. Les longs cheveux noirs de la jeune fille tombaient de chaque côté de son foulard en lourdes boucles luisantes. Son visage était éclairé par de grands yeux sombres où brillait une étincelle de lumière.

— Bonjour ! Qu'est-ce que tu cueilles ? De l'herbe pour les lapins ? J'ai vu Pierrette qui faisait la même chose ce matin !

Marie se dressa en face de Grégory. Elle était plus petite que lui, mais son corps de jeune fille avait déjà des formes féminines alors que le garçon restait d'une maigreur d'enfant sur ses longues jambes.

— C'est du pissenlit ! Je viens le chercher ici parce qu'il est plus tendre. On le mange en salade, et c'est très bon avec des lardons...

— Comment tu reconnais le pissenlit des autres plantes ?

— Facile. Regarde, les feuilles sont longues et dentelées. On l'appelle pissenlit, parce qu'on dit que ça fait faire pipi au lit.

Elle rit, ramassa son panier et son couteau.

— Bon, il faut que je rentre. J'en ai assez pour ce soir.

Elle s'éloigna. Grégory, qui jusque-là ne s'était jamais posé de questions sur la provenance de sa nourriture – chez sa mère, tout venait du supermarché –, regarda un moment la prairie éclairée d'une faible lumière et les déchirures de la terre que le couteau de Marie avait faites en coupant les grosses racines. Ainsi, la terre qui n'était pas stérilisée sous une chape de béton pouvait être généreuse avec les hommes qui la connaissaient ! Grégory pressentait une multitude de secrets cachés sous cette herbe jaunie par l'hiver et dans laquelle des langues vertes poussaient déjà. Un lien qu'il n'aurait su définir l'attachait à ces prés, ces champs, ces chemins creux taillés par les ancêtres de sa mère, les siens, qu'un père noir avait réduits, jusque-là, au silence.

Valentin sortit de son étable, ferma la porte et passa dans la grange dont un coin avait été transformé en atelier. Il regarda un instant sa réserve de rondins de noyer et de poirier, son trésor, et pensa aux belles journées d'hiver passées ainsi à détacher les copeaux qui tombaient autour de lui, à voir sortir de la masse une forme qui se mettait à vivre, un visage dont les traits se précisaient, un corps tout neuf ! Chaque fois qu'il prenait sa gouge, Valentin sentait monter en lui une vague de plaisir qui le transformait. Un feu l'habitait qui poussait la lame avec précision.

Tout cela lui était désormais refusé. Depuis la mort de Nathalie, il était vide comme une coquille oubliée sous le nid. La disparition de cette fille bannie depuis seize ans rapprochait de lui son petit-fils, installait Grégory dans ce domaine et, bien qu'il s'en défende, dans son cœur. Car le vieil ours mal léché cachait bien le fond de ses pensées. Le sentiment bizarre qu'il avait éprouvé, dès le premier jour, pour Grégory s'était précisé et le contrariait. « Il nous a tous eus ! D'abord Miro, qui le suit comme son ombre. Et puis la vache, d'ordinaire vive et tout miel quand sa main noire la caresse. Et moi, pauvre vieux fou qui le trouve beau comme la statue que mes mains maladroites ne pourront jamais tailler ! Tout ça, c'est pas possible ! »

Valentin n'avait plus envie d'aller labourer, d'ailleurs la terre était trop mouillée. Le moteur de sa mobylette était toujours là, en pièces détachées sur l'établi. Il se mit à le remonter avec précaution, fixa le carburateur qu'il avait nettoyé à l'essence, vérifia la position du joint, avant de bloquer les écrous.

— Si cette fois, elle démarre pas, je la jette dans la Vézère !

Le moteur enfin remonté, il le vissa au cadre, plaça la chaîne sur le pignon denté, secoua le réservoir pour vérifier qu'il contenait de l'essence et partit dans le chemin en descente. Le moteur hoqueta puis démarra enfin. Valentin sourit dans sa moustache, fier d'avoir réussi sa réparation. « J'ai pas perdu le tour de main ! » constata-t-il.

Il avait toujours aimé la mécanique qui lui rappelait sa jeunesse. Avant de partir en Allemagne, il avait travaillé quelque temps dans le garage Fauriac. À son retour, il avait hésité, mais le père Gustave veillait : Lise était enfin mariée et rien ne s'opposait plus à ce que le propriétaire reprenne le bien familial...

Il imagina un instant ce qu'aurait pu être sa vie. Il aurait fini son apprentissage et se serait installé dans un village voisin puisque Marcel Fauriac avait un fils. Oui, il se serait installé à Objat ou plus près de Brive. Il n'aurait probablement pas épousé Pierrette qui venait du hameau voisin et avait permis d'agrandir le domaine. À la mort de Raymond Livouret, il aurait épousé Lise et tout serait rentré dans l'ordre.

Il rangea sa mobylette à l'abri et partit en direction de la rivière, comme il le faisait chaque fois qu'il était tracassé. Le crachin s'était arrêté. Cet après-midi, il pourrait aller labourer.

Dans la prairie en contrebas, il vit Grégory, accroupi, qui fouillait les herbes avec un couteau de cuisine. Miro était avec lui, le museau sur le couteau, comme s'il surveillait son travail pour le conseiller. Valentin soupira. Le souvenir de Nathalie vint, une fois de plus, le harceler ! Nathalie était influençable et avait toujours tendance à suivre les plus mauvais exemples ! Elle avait mal tourné parce qu'elle était partie trop jeune de la Neuville et Valentin comprenait sa faute. « C'est moi qui l'ai foutue dehors ! Moi qui l'ai poussée là où elle est allée ! Elle n'était pas plus mauvaise qu'une autre, elle a suivi cet homme, ce Noir qui était une vraie crapule ! Et cette crapule, c'est le père de celui-là ! » Il fit quelques pas vers Grégory trop absorbé pour le voir, puis s'arrêta de nouveau. Le jeune homme leva les yeux et vit la drôle de tête que faisait son grand-père.

— Qu'est-ce que tu cueilles ? demanda Valentin.

Grégory se dressa, son couteau à la main.

— Des pissenlits pour manger ce soir !

— En voilà une idée ! Fais voir tes pissenlits...

Valentin souleva le panier et jeta une à une les plantes en ricanant :

— Mais, ma parole, tu voulais nous empoisonner !

Sans rien ajouter, le vieux tourna les talons avec le sentiment aigre d'avoir cédé, une fois de plus, au pire de ses penchants. Grégory baissait la tête, comme un jeune taureau qui refusait de se laisser dresser. Le rejet de Valentin exacerbait cette affection qu'il éprouvait pour lui et qui sommeillait au fond de son être depuis sa petite enfance, depuis que sa mère lui avait parlé d'un grand-père blanc, bougon et taciturne qu'une mauvaise fée l'empêchait d'aller voir.

La colère brouillait sa vue. Il libéra la pression qui comprimait ses poumons en poussant un cri strident, lança le panier et le couteau dans le taillis et partit en courant. Valentin, surpris et coupable, revint vers lui.

— Mais qu'est-ce qui te prend ? J'ai parlé comme ça, mais c'était pas pour...

Grégory n'entendait que le grondement de sa colère et s'éloignait à toutes jambes. Valentin était bien trop gourd pour tenter de le rattraper. Il haussa les épaules. « C'est qu'il est vif ! Un rien le met en colère ! C'est vrai que les Lesmonnier n'ont pas du jus de rave dans les veines ! »

Valentin remontait péniblement à la maison quand une voiture s'arrêta sous le tilleul. Émile Lamarque, un homme de grande taille, osseux, le visage maigre sous une casquette grise, en sortit et vint le saluer. Émile avait travaillé à l'usine électrique de Bar avant de prendre sa retraite à Saint-Germain d'où il était originaire. Valentin lui serra la main.

— Tu nous fais une tête ! constata Émile. Dis donc, on fait équipe pour le concours de belote, ce soir ?

Valentin avait oublié ce concours qui réunissait deux à trois fois par an les meilleurs joueurs de la commune et des environs.

— Je sais pas ! En ce moment, je suis fatigué à plus pouvoir mettre un pied devant l'autre !

— Il faut que tu viennes ! On était troisième la dernière fois ! Avec un peu de chance, on peut gagner !

— Je te promets rien !

Émile remonta dans sa voiture en regrettant sa démarche. La tête de Valentin ne lui laissait présager rien de bon. Il connaissait l'homme, son caractère emporté, et se dit qu'il aurait mieux fait de prendre pour équipier Jules Leroy, le cantonnier en retraite. Jules était, certes, moins bon joueur que Valentin, mais beaucoup plus calme.

Le soir tombait lentement. Après une journée brumeuse, le soleil était sorti et se couchait dans un ciel de feu. Pierrette donnait du grain à ses poules, apportait de l'herbe à ses lapins. Par moments, elle s'arrêtait, se tournait vers la route. Grégory n'était toujours pas rentré et elle commençait à s'inquiéter. Elle rejoignit Valentin à l'étable. Les deux veaux tétaient en donnant de grands coups de museau dans le pis de leur mère. Assis au fond, Valentin coupait en tranches des raves et des rutabagas dans un petit baquet.

— Je ne sais pas où est passé Grégory, il n'est toujours pas rentré ! fit Pierrette.

Valentin ne dit pas son sentiment. Les murs de l'étable, les vaches qui regardaient l'allée, le silence, tout criait cette absence du jeune homme, comme si chaque chose, chaque animal, jusqu'au moindre grain de poussière s'étaient donnés à lui.

— T'en fais pas, il va bientôt arriver ! Peut-être qu'il discute avec le petit Lombet et qu'il n'a pas vu passer le temps !

Elle prit son seau de lait et sortit. Valentin resta un long moment, le couteau à la main, sans bouger. Le bourdonnement le reprenait. Il avait l'impression que son cerveau tanguait comme une boule à l'étroit dans sa boîte d'os. « Il va falloir que j'aille voir la Lise avant que je puisse plus bouger ! Cette fois, c'est la dernière ligne droite, mais c'est de plus en plus difficile ! »

Après avoir mangé la soupe, il passa dans la chambre et se changea pour aller au concours de belote. Sans un mot, il traversa la cuisine et partit chercher sa mobylette. Pierrette sortit sur le pas de la porte et écouta la nuit. Que faire ? À qui demander secours ?...

Valentin laissa sa mobylette à côté des voitures garées sur la place du village. Déjà des groupes s'étaient rassemblés dans le bistrot de Léon. Il hésita un moment avant de s'approcher à son tour. Pourquoi était-il venu ? Par défi, pour fuir l'angoisse de Pierrette ? Non, il était venu pour continuer de vivre comme il l'avait fait jusque-là, comme si rien ne s'était passé et qu'il avait l'esprit tranquille. Il avait toujours aimé jouer à la belote et n'avait aucune raison de ne pas jouer ce soir-là.

Quand il entra dans la grande salle éclairée où étaient disposées des tables, toutes les têtes se tournèrent vers lui et il crut voir, dans ces regards curieux, comme une interrogation. Il se dirigea vers le groupe d'Émile, son équipier, et salua tout le monde, mais contrairement aux autres fois, il baissait la tête, écrasé par l'angoisse. « Il est parti où, ce petit mauvais ? Il pourrait faire quelque connerie et c'est qui qui va payer ? »

Les joueurs prirent leur place. Valentin s'assit en face d'Émile et les parties commencèrent dans le brouhaha. Léon et sa femme apportaient les verres de vin. Au fil des heures, les voix montaient. Valentin ne réussissait pas à se concentrer dans le jeu, il buvait beaucoup et multipliait les fautes. Émile lui jetait des regards pleins de reproches. Tout à coup, il se dressa, poussa la table. Les cartes et les jetons roulèrent sur le plancher. Il cria :

— Moi, je peux pas jouer avec des tricheurs !

Léon se précipita, posa sa main sur l'épaule de Valentin et lui demanda de s'asseoir, de se contenir. Valentin le repoussa et désigna ses adversaires :

— Ils trichent ! Je les ai vus ! Ils se regardent et se font des signes ! Moi, je peux pas jouer comme ça !

— Arrête, Valentin ! dit Émile. Tu te fais des idées ! Personne ne triche, c'est toi qui joues mal !

— Ah, je joue mal ? Et tu me dis ça, toi qui es venu me chercher ! Tiens, je sais pas ce qui me retient...

Deux hommes d'une quarantaine d'années se levèrent et s'approchèrent de Valentin.

— Lesmonnier ! dit l'un d'eux. Il faut maintenant que tu te tiennes tranquille, sinon on te fout dehors ! Les arbitres n'ont rien remarqué, rien dit ! La partie était régulière ! Si tu joues mal, c'est pas de la faute des autres !

— Vous deux, me foutre dehors ? s'écria Valentin. Je voudrais bien voir !

Sans un mot, les deux hommes le prirent chacun par un bras et le portèrent dehors comme un paquet. Il eut beau crier, menacer, gesticuler, rien n'y fit.

— Et n'essaie surtout pas de rentrer de nouveau ! On veut finir notre concours sans histoire !

Valentin était dans une sombre colère, d'autant plus qu'il avait tort. « Me parler comme ça à moi ! » Il monta sur son vélomoteur et s'en alla dans la nuit, toujours en proie à cette angoisse qui l'avait empêché de jouer...

Il arriva à la Neuville plongée dans le noir. Seule sa maison était éclairée. La tour Maronne se taisait, un hibou poussa son cri plaintif dans les pentes de la Vézère.

Pierrette attendait devant l'âtre éteint. Quand

Valentin entra, elle tourna vers lui un regard plein d'espoir et demanda d'une voix faible :

— Tu n'as pas vu le petit ?

Valentin s'assit en face d'elle, fixa un moment les tisons éteints et dit :

— Tu crois qu'il avait besoin de...

Le silence l'oppressait. Une fois de plus, pour échapper aux sentiments qui l'écrasaient, il ajouta :

— Tu vois bien qu'on est trop vieux pour le garder ! Il est fait pour vivre en ville, pas ici !

Pierrette soupira. Où était Grégory à cette heure tardive ? Que faisait-il ? Le chien était revenu à la tombée de la nuit, mais seul. Pierrette avait fait plusieurs fois le tour du hameau en appelant le jeune homme. Elle hésitait encore à téléphoner aux gendarmes et attendait, assise à sa place habituelle près d'un âtre froid.

Grégory contourna le hameau, sans but précis, en proie à sa révolte. La brume se levait lentement, un soleil pâle perçait la couche nuageuse et répandait une lumière sans ombres. Miro, la langue pendante, le rejoignit en remuant la queue. Grégory le caressa, sentit la douceur de son poil frais.

— Tu es un bon chien, toi !

Il s'assit sur le bord de la route. Miro se coucha à côté de lui et le regardait toujours de ses yeux ronds. Jusque-là, Grégory n'avait jamais approché de chien. Il tenait dans un grand mépris ces animaux attachés qui faisaient leurs besoins sur les trottoirs et arrosaient les roues des voitures. Mais Miro était bien différent des chiens de la ville. Libre, il pouvait aussi bien montrer les crocs que faire la fête. Et son attachement pour Grégory était spontané, sans le moindre calcul. Le garçon en était touché, mais cela ne lui suffisait pas.

Il reprit sa marche. Le mystère de Valentin, son attitude équivoque l'intriguaient. Il avait eu tort d'espérer que le vieux paysan l'accepterait après seize années d'un refus buté, de croire que la mort de sa mère allait infléchir un caractère entier. Entre eux, rien ne serait jamais possible parce que Valentin était un infect personnage qui s'enfermait dans le silence au lieu de dire le fond de sa pensée. Peut-être aussi, comme Pardailloux, ne supportait-il pas les Noirs ni ceux qui ne lui ressemblaient pas ?

Une moto arrivait. Grégory se tourna et la regarda s'approcher. Le véhicule s'arrêta à sa hauteur. Le conducteur ôta son casque et sourit au garçon qui reconnut tout de suite un Arabe.

— Bonjour ! dit le jeune homme en souriant. Tu es d'ici ?

— Non, je suis pas d'ici. D'ailleurs, ça se voit !

— Justement, fit l'Arabe. Je te posais cette question parce que les gens de couleur sont peu nombreux dans le pays. Il y a peu d'étrangers à part des Portugais et quelques Arabes. Comment tu t'appelles ?

— Grégory ! Grégory Lesmonnier ! Tu vois, mon nom est bien d'ici ! Mes grands-parents sont du village. C'est mon père qui...

— Moi, je m'appelle Djamel Haralba. Je vais à Brive...

— Tu peux m'emmener ?

— Monte, mais je n'ai qu'un casque, alors si on se fait choper...

— On verra ! fit Grégory en s'asseyant sur la moto.

Le véhicule s'éloigna. Miro resta un long moment au bord de la route et rentra à la Neuville.

Les deux jeunes gens arrivèrent à Brive en moins d'une demi-heure. Djamel s'arrêta sur la place de la Guierle.

— Où veux-tu que je te dépose ?

— À la gare, je veux retourner à Paris !

— Qu'est-ce qui t'est arrivé pour que tu t'en ailles comme ça, aussi vite, sans bagage ?

— Mon grand-père me supporte pas parce que je suis noir. Alors, je pars.

Djamel posa son casque sur le guidon de sa moto. Né à Brive de parents marocains, il était français, mais il savait que les policiers étaient plus sévères avec lui qu'avec les Français d'origine.

— Écoute, je peux pas te conduire à la gare parce que je veux pas d'histoires. Alors, je vais te laisser là et on ne s'est jamais rencontrés, d'accord ?

— Je comprends. Je me débrouillerai seul. Salut et merci !

Djamel s'éloigna sur sa moto. Grégory se retrouva seul dans une ville inconnue. Le soir tombait lentement, les gens pressés rentraient chez eux. Le jeune homme marcha au hasard et constata que Brive ne ressemblait en rien à Paris. Les rues, les trottoirs respiraient un ennui profond qui le mit mal à l'aise.

Il emprunta une ruelle du centre-ville, fit le tour d'une église dressée au milieu d'une place. Que faisait-il là ? Il n'avait pas du tout l'intention d'aller à Paris. Son estomac gargouillait et il n'avait pas d'argent ; la nuit tombait, il frissonna en pensant au bon feu de Pierrette, à Valentin...

Une main se posa sur son épaule. Il se retourna vivement. Une femme très élégante lui sourit. Elle portait un léger manteau beige, un foulard écossais cachait ses cheveux noirs.

— Je vous suis depuis un moment ! dit-elle. J'ai pu remarquer à votre regard anxieux que vous êtes perdu !

Grégory bredouilla, baissa la tête.

— N'ayez crainte, poursuivit la femme. Je ne vais pas vous conduire à un commissariat de police. Répondez-moi, s'il vous plaît. D'où venez-vous ?

— Je suis parisien.

— Mais que faites-vous à Brive ? Seul, sans toit pour la nuit ?

Grégory bredouilla encore. Il n'avait pas envie de dire la vérité. La femme le comprit.

— Cela n'a pas d'importance. Je vous propose de me suivre. Un repas chaud, un lit pour dormir jusqu'à demain et vous verrez que tout ira mieux !

Grégory se laissa emmener. La femme lui inspirait confiance et il ne voulait pas remonter à la Neuville. Son absence exprimait une protestation à laquelle Valentin serait peut-être sensible, car c'était lui qu'il voulait toucher, lui et son sale caractère.

— Notre association se propose d'offrir aux démunis le couvert et le gîte, mais d'une manière provisoire. Notre but consiste à accueillir ceux qui en ont momentanément besoin et les aider à trouver des solutions...

Ils arrivèrent à une imposante maison au bord de la rivière. Une puissante lampe éclairait le perron.

— Je suis Mme Legate, l'épouse du chirurgien... Et vous, comment vous appelez-vous ?

— Grégory ! Grégory Lesmonnier.

— Lesmonnier ? Mais c'est un nom d'ici !

— Ma mère est d'ici !

Mme Legate ouvrit la porte et précéda Grégory à l'intérieur de l'imposante maison. Une femme aux cheveux gris vint à son devant.

— J'ai trouvé le jeune Grégory en ville. Il a besoin de manger et va passer la nuit ici. Demain, nous essaierons de lui faire raconter son histoire.

Tout de suite, Grégory ressentit l'austérité de l'endroit. La femme aux cheveux gris jeta sur lui un regard froid et soupçonneux.

— Notre association accueille aussi des jeunes gens en difficulté provisoire. Vous allez faire leur connaissance. Mme Nageoit va vous conduire.

Une odeur aigre de chou flottait dans l'air, et Grégory pensa à la bonne soupe de Pierrette qui embaumait toute la maison. Il aurait pu s'échapper, mais redoutait la nuit. Demain, il aviserait.

Mme Nageoit le conduisit jusqu'à un escalier qu'elle gravit d'un pas rapide. À l'étage, un long couloir traversait tout le bâtiment. Elle ouvrit une porte sur une petite pièce où se trouvaient un lit en bois blanc, une chaise et une petite armoire.

— C'est là que vous allez dormir. Maintenant, vous allez me suivre au réfectoire.

La salle de réfectoire était au rez-de-chaussée. Autour de tables rondes, des jeunes gens mangeaient en bavardant. Grégory remarqua tout de suite trois Noirs isolés des autres. Il se dirigea naturellement vers eux. Mme Nageoit leur demanda d'accueillir Grégory qui allait passer la nuit ici. Les jeunes gens lui tendirent la main avec un sourire engageant.

— Salut ! dit le garçon à côté de qui Grégory s'assit. Je suis Franck Bengoula, lui, c'est mon frère, Antoine, et à côté, Harry Bortelhy, un Américain. Nous, on est guinéens et français !

— Moi aussi, je suis français. Je m'appelle Grégory Lesmonnier. J'ai grandi en région parisienne et je suis chez mes grands-parents.

Pourquoi éprouvait-il, tout à coup, le besoin de donner autant de détails, d'affirmer ses racines locales ? Franck et Antoine étaient grands et forts. Harry, plus mince, avait un beau regard sombre tout en dessous.

— Je suis apprenti maçon ! dit-il. Je loge ici tant que la vieille voudra me garder parce que c'est plus simple : pas besoin de faire sa bouffe et le linge est lavé.

— Nous, dit Franck, on travaille au dépôt des transports Bourg. On est ici depuis quelques semaines en attendant de trouver un logement. On vient de Bordeaux.

— Moi, je suis au collège de Saint-Germain.

Antoine n'avait pas parlé. Grégory remarqua ses petits yeux qui ne cessaient de l'observer. Ses grosses lèvres avaient un pli dédaigneux.

— Et ça se passe bien ? demanda-t-il tout à coup. Je veux dire avec les autres, les Blancs ?

Grégory haussa les épaules et pensa à la bande à Pardailloux.

— Ils me chahutent un peu. Je suis le seul « coloré » de l'établissement.

— Ici, les gens sont racistes ! continua Antoine avec un ressentiment dans la voix. Ils font toujours des remarques méchantes. Ils nous prennent pour des singes !

Cette affirmation réveillait en Grégory la méfiance instinctive qu'il éprouvait souvent à l'égard des Blancs et cette susceptibilité aiguisée qui transformait chaque remarque, même la plus anodine, en un propos vexant.

— Mais, dis-moi, continua Harry, connaissant les gens d'ici, tu dois être bien seul à Saint-Germain. Tu n'as pas de copains ?

— Si, j'ai des copains. Mais ils sont blancs et peuvent pas tout comprendre.

— Et si tu es là, ce soir, c'est peut-être parce que tu t'es bagarré et que tu redoutes des représailles ?

— Non, je ne me suis pas bagarré !

— Un de ces jours, on te fera une petite visite. Et si des gars t'emmerdent, tu n'auras qu'à nous les montrer ! précisa Franck.

Antoine et Harry se regardèrent. Antoine parla à l'oreille de Franck qui se tourna vers Grégory.

— Entre nous, il faut être solidaires et tu sembles bien perdu. Nous, on est ici, mais pas pour bien longtemps. Alors, on a une combine. On veut bien t'en faire profiter.

— Une combine ? s'exclama Grégory.

— Ne parle pas si fort : la Nageoit t'entendrait. Oui, on a une combine pour se faire de l'argent. Tu comprends, quand tu es noir, si tu n'as pas de quoi flamber, tout le monde te prend pour un minus. Mais quand tu as des sous, les Blancs font plus que te respecter, ils t'envient. Et les filles te trouvent beau !

Grégory secoua la tête pour indiquer qu'il refusait. Sa mère lui avait trop parlé de l'enfer de la prison pour qu'il ne la redoutât pas plus que tout. Antoine, son sourire méprisant aux lèvres, poursuivit :

— Tu acceptes qu'on se moque de toi à longueur de journée, tu baisses la tête comme un esclave ? Pour nous, ça c'est fini. Il faut leur montrer qu'on est aussi malins qu'eux !

— Écoute, c'est simple ! ajouta Franck. On te demande seulement d'être notre correspondant dans ton patelin. Nous, on fait le travail et tu auras ta part du gâteau !

— Je ne veux pas ! dit Grégory qui pressentait quelque chose de louche.

— Les voleurs sont ceux qui se font prendre ! précisa Franck. Les autres sont des démerdards ! Le principe est simple : des endroits isolés, des maisons de vacanciers fermées et il y en a beaucoup... On te dit, c'est sans risque !

— Je veux pas, je vous dis !

— Écoute, insista Antoine. Tu te balades avec

ton vélo ou comme tu veux, tu repères les baraques sans voisins gênants, c'est tout ce que tu auras à faire. Nous, on s'occupe de tout le reste ! Et tu auras ta commission.

— Je vais me coucher ! dit Grégory en se levant.

Le lendemain, Mme Legate arriva vers huit heures et fit appeler Grégory. Le jeune homme n'avait pas beaucoup dormi. Ce que les trois Noirs lui avaient dit la veille le tracassait. Il ne voulait pas être leur complice dans ces pillages organisés de maisons non habitées, et n'avait qu'une hâte : retourner à la Neuville où Pierrette devait s'inquiéter.

— Je vais vous reconduire chez vous ! dit Mme Legate.

Quand ils arrivèrent, Pierrette était dans tous ses états. Elle ne s'était pas couchée de la nuit, mais n'avait pas averti les gendarmes. Elle remercia Mme Legate et lui dit :

— C'est pas de sa faute ! Ce pauvre garçon a eu tant de malheurs qu'il ne sait pas toujours mettre un pied devant l'autre.

— On est là pour l'aider ! répondit Mme Legate.

— Il faut espérer surtout, continua Pierrette, que le temps fera ce qu'il faut pour le remettre d'aplomb.

Valentin, qui devait surveiller la route, arriva et regarda Grégory d'une manière qui ne lui était pas habituelle.

— Ah ! te voilà ! dit-il. On se demandait ce que tu étais devenu !

Le collège était la fierté de Saint-Germain. Construit dans les années soixante, il ressemblait à un bateau blanc échoué sur la colline. Réputé pour le sérieux de son personnel, pour sa discipline, les élèves venaient des communes voisines et parfois d'au-delà de Brive.

Grégory ne s'y plaisait pas. Bamboula y était constamment rabaissé. Les moqueries dont il était l'objet à longueur de journée cachaient souvent un rejet profond lié à sa différence et aussi à ses parents dont les délits étaient connus de tous. Un matin, son regard fut attiré par une inscription à l'encre rouge sur sa table : « Tous les nègres sont des voleurs. » Il avala sa salive, retint une boule de colère. Il aurait voulu frapper, mais qui ? Pauline, qui avait lu l'inscription, lui dit tout bas :

— Surtout, ne réagis pas. Ils seraient trop contents ! Si tu ne dis rien, ils restent avec leur méchanceté sur les bras !

Pauline avait la sagesse des femmes et lui, Grégory, la colère des délaissés, mais n'étant pas le plus fort, il se retint. Il pensa alors à ses nouveaux copains, Franck, Antoine et Harry...

Benoît Pardailloux rêvait d'en découdre de nouveau. En compagnie de ses deux inséparables amis, Pierre-Alain Boutet et Ludovic Lelait, ils multipliaient les provocations :

— Tu perds rien pour attendre, Bamboula. On va te tomber dessus à cinq ou six, et nos copains sont pas des tendres !

— T'en fais pas ! rassurait Raphaël Laplanche, on est avec toi. Nous aussi, on a des copains qui n'aiment pas ces sales racistes !

Grégory savait que Pardailloux et sa bande ne feraient rien dans la cour : M. Tendraut ne les quittait pas des yeux. Il ne risquait rien, non plus, à la sortie, puisque Pierrette l'attendait chaque soir avec ponctualité. Il redoutait surtout une embuscade à la Neuville voisine, raison pour laquelle, un soir, il se tailla un lourd bâton. Pierrette, en premier, le remarqua :

— Qu'est-ce que tu veux faire de ce gourdin ?

— Me défendre.

— Ici, tu ne risques rien !

Une semaine s'était écoulée depuis la fugue de Grégory. Ce soir-là, après les cours, le calme régnait dans le village. Le collège, sur sa colline, semblait surveiller les vieilles maisons serrées autour de la place et de l'église. Des enfants jouaient à se poursuivre entre les arbres. Léon Rombey, à la porte de son bistrot, attendait les clients. Le coiffeur, Louis Lebut, en blouse bleue, était aussi devant sa porte à la recherche de quelqu'un pour faire la causette. Il faisait doux, le grand lilas à côté de la poste embaumait.

Trois motos arrivèrent et s'arrêtèrent devant le bistrot. Léon vit les motards mettre pied à terre et poser leur casque. De son bureau en retrait, Jacques Pardailloux, le père de Benoît, vit aussi les trois jeunes Noirs s'adresser à Léon. « Qu'est-ce que c'est encore ? pensa-t-il. Il va falloir penser à mettre l'alarme dans le magasin, ce soir ! » Louis Lebut eut un mouvement de mauvaise humeur. Que venaient faire ici ces étrangers ?

Franck adressa un grand sourire à Léon et lui demanda où habitait Grégory Lesmonnier. Surpris, Léon donna le renseignement. Sans rien ajouter, les motards coiffèrent leur casque et s'en allèrent sur la route de la Neuville. Louis Lebut s'était approché :

— Qu'est-ce qu'ils voulaient ?

— Voir leur copain ! le petit-fils de Valentin.

— Tu veux que je te dise, Léon, ces gars me disent rien de bon ! Il va falloir penser à fermer nos portes !

— Comme si on avait besoin de ça ! conclut Léon.

À la Neuville, Pierrette vit arriver les motos et s'arrêta au milieu du chemin. Quand les jeunes gens descendirent de leurs engins et posèrent leur casque, elle ne put retenir un petit cri de surprise.

— On est des copains de Grégory ! dit Antoine.

Pierrette, sans un mot, regarda les trois jeunes

Noirs et prit conscience tout à coup que Grégory leur ressemblait. Cette différence, qu'elle n'avait pas vue jusque-là chez son petit-fils, lui semblait monstrueuse chez ces visiteurs.

— Je sais pas où il est ! bredouilla-t-elle.

En face d'elle, Antoine, toujours un pli dédaigneux au coin des lèvres, savourait la surprise de Pierrette. Son attitude n'échappait pas à la vieille femme qui en comprit la provocation.

Grégory arriva enfin. De sa grange, Valentin le vit serrer la main des trois garçons et leur sourire. « Mais qu'est-ce que c'est ça ? se demanda le vieil homme. Voilà qu'il va nous ramener toute la vermine du monde ! »

Franck proposa à Grégory d'aller faire un tour et lui tendit un casque. Le jeune homme se tourna vers sa grand-mère, puis, sans un mot, coiffa le casque et s'installa à l'arrière de la moto. Les trois machines démarrèrent en soulevant un nuage de poussière.

Elles n'allèrent pas loin. À la sortie du hameau, elles s'arrêtèrent. Le soleil brillait entre les nuages.

— On a vu les deux maisons fermées dans ton village. Mais c'est trop près. Tu n'en connais pas qui soient isolées et qu'on peut visiter sans risques ?

Grégory haussa les épaules.

— Je veux pas entrer dans votre combine. Je suis pas un voyou !

— Qu'est-ce que tu nous racontes ? On a

appris des choses sur toi, sur ta mère et sur ton père !

— Faites ce que vous voulez, mais sans moi ! insista Grégory.

Les motos repartirent dans un fracas assourdissant, traversèrent Saint-Germain en trombe et poursuivirent sur la route de Brive. Elles s'arrêtèrent enfin à une route secondaire qui partait sur la droite en direction de la vallée de la Vézère.

— Par là, on rejoint la rivière ! dit Franck. Il y a peut-être quelques maisons à visiter !

— Je ne sais pas !

— On y va !

Les motos s'engagèrent lentement dans la petite route tortueuse creusée de nombreuses ornières. Au bord de la Vézère, le goudron faisait place à de la terre battue avec, au bout, une maison aux volets fermés.

— Un moulin restauré ! s'écria Franck. Tu vois qu'on a du flair !

— Laissez ça tranquille ! dit Grégory. Je veux pas avoir d'histoires !

— T'en fais pas, on est discrets et personne ne s'apercevra de rien...

Valentin s'était enfin décidé à labourer son champ pour semer le maïs. Il avait ainsi conservé les anciennes méthodes et produisait des céréales et des légumes pour ses bêtes. « C'est autre chose que leurs aliments qui gâtent le goût de la viande ! » De son tracteur qui avançait régulièrement, il regardait le soc retourner la belle terre rouge et les bergeronnettes voleter d'un sillon à l'autre pour picorer les larves et les vers. Il faisait encore très doux. Un voile de hauts nuages cachait le soleil.

Le tracteur arrivait en bout de raie, Valentin coupa les gaz, releva la charrue et fit demi-tour. Tout à coup, sa tête se mit à tourner, un grondement menaçant éclatait sous son front, surpassait le bruit du moteur. La nuit se fit tout à coup devant ses yeux, il se sentit vaguement glisser de son siège et n'eut pas le réflexe de se retenir au volant.

La terre humide et fraîche contre sa figure le réveilla. Il se dressa et vit son tracteur arrêté dans la haie.

— Ma damnation !

Il tenta de se mettre sur ses jambes, mais le sol se dérobait sous ses pieds, alors il resta assis, comprenant qu'il ne pourrait pas continuer ainsi longtemps. Au bout de quelques instants, les forces lui revinrent et il put marcher jusqu'à son tracteur qui, par chance, n'avait pas subi de dégât. « J'aurais pu passer sous la roue ! » constata-t-il. Il rentra à la maison à pied.

En début d'après-midi, il se changea et alla chercher sa mobylette.

— Je vais acheter des graines à la coopérative ! précisa-t-il à Pierrette.

Il partit, mais au lieu de s'arrêter à la coopérative de Saint-Germain, il continua sur la route de Brive. Ce parcours, il l'avait fait cent fois, mais n'avait jamais eu le courage d'aller jusqu'au bout. Aujourd'hui, il l'aurait à cause de ses syncopes de plus en plus fréquentes. Il ne voulait pas mourir sans avoir libéré sa conscience envers une femme qu'il avait aimée et qu'il aimait peut-être encore. Penser qu'elle pourrait le haïr après sa mort lui était insupportable.

La tête lourde, il quitta la grande route de Brive en direction de Donzenac. Le voile de nuages s'était dissipé et le soleil brillait dans un ciel très pur. Il arriva à Bransac, un hameau blotti entre deux collines. La maison de Lise se trouvait un peu en retrait, au bout d'un chemin encaissé qui partait sur la droite. C'était une bâtisse ancienne aux petites fenêtres basses, aux vieux volets gris. À l'entrée du chemin, Valentin s'arrêta.

Son cœur battait très fort. Le courage lui manquait une fois de plus et il avait envie de faire demi-tour. Après tout, le fils de Lise était établi et ne demandait rien à son père. Lise ne lui avait sûrement pas dit qu'il était un Lesmonnier...

Valentin descendit de sa mobylette, conscient de sa lâcheté. « À mon âge ! pensa-t-il. Faire des choses comme ça, des choses d'homme, moi qui ne suis plus qu'à deux pas du cimetière, ça n'a pas de sens ! J'aurai tout eu dans ma garce de vie ! Une fois que j'étais marié avec Pierrette, que les enfants étaient nés, qu'est-ce que je pouvais faire ? Comment je vais me débrouiller ? Chaque fois que je veux faire le bien des gens, il faut que quelque chose m'en empêche ! » Le sentiment de son indignité ne cessait de le harceler et comme c'était insupportable, il se plaignait : « Ils peuvent pas comprendre ceux qui savent pas ce qui s'est passé ! Au fond, c'est moi qui ai été le plus malheureux ! »

De l'endroit où il se trouvait, Valentin vit la porte d'entrée s'ouvrir. Il se cacha derrière un grand chêne et ne bougea plus, le souffle coupé. Une vieille femme maigre, vêtue d'un tablier sombre, sortit portant un seau de linge. Ses cheveux entièrement blancs ajoutaient à son visage une gravité qui émut Valentin. Le cœur battant, incapable de faire un pas en avant, il ne pouvait détacher ses yeux de cette frêle silhouette, lointain reflet de la belle femme qu'elle avait été. Lise tourna le regard vers la route et aperçut la mobylette. Elle s'arrêta, le seau à la main, tout à coup figée par cette vision inattendue. Et Valentin, surmontant son appréhension, se montra. Lise laissa échapper le seau qui se renversa avec le linge, poussa un petit cri, puis recula, comme horrifiée. À la porte, elle hésita et se tourna de nouveau, décidée à faire face. Valentin s'approcha d'un pas emprunté, s'arrêta à quelques pas de la femme qui le dévisageait toujours de ses grands yeux marron, qui recherchait dans cette figure que le temps avait déformée les traits de l'homme qu'elle avait aimé. Enfin, Lise inspira à son tour et dit :

— Qu'est-ce que tu fais là ? Je veux pas te voir !

Valentin baissa la tête. Le passé qu'il croyait enfoui dans ses souvenirs revenait à sa mémoire. Et ces paroles de Lise après la mort de Raymond Livouret : « C'est ton père qui a fait le mariage ! Il s'est arrangé avec mon père qui avait besoin d'argent ! Alors, ils m'ont trouvé Raymond ! C'était un homme honnête et bon ! » Valentin lui avait reproché d'avoir accepté, Lise s'était mise à pleurer. « Je l'ai fait pour mon père, avait-elle répondu. Mon père qui n'avait jamais été heureux ! Je savais que ton père ne m'accepterait jamais ! »

Lise aussi devait se souvenir de tout cela puisqu'une larme brillait au coin de ses paupières. Pourtant, ses lèvres restaient contractées.

— Va-t'en ! répéta-t-elle.

— Je suis bien vieux ! dit Valentin. Tout est loin de nous !

— Ça ne change rien !

Il se tut un instant, une moto passa sur la route voisine. Enfin, Valentin ajouta :

— Je vais mourir !

— C'est ça ! Pour te faire plaindre, tu as toujours été bon !

— Je vais mourir, je te dis. C'est pour ça que je suis là. Pour régler nos affaires !

— Quelles affaires ? Il n'y a jamais rien eu !

— Je veux voir notre fils. Je veux qu'il porte mon nom. Il aura la Neuville, puisqu'il a le goût de la terre. Si j'ai pas voulu prendre ma retraite, si j'ai gardé mon troupeau, c'est pour lui !

Lise fit une moue de dédain qui anima les rides de son visage.

— Qu'est-ce que tu veux me faire croire ? Tu as gardé ton troupeau pour toi, sûrement pas pour quelqu'un d'autre ! Et tes enfants, ceux dont tu n'as pas honte, ils ont leur mot à dire aussi !

— Ton fils aura la Neuville ; les autres, je leur donnerai de l'argent.

— De l'argent ? Il faut que tu sois bien riche pour parler comme ça !

Elle pensa à ses années de misère avec son petit garçon, son petit bâtard comme on disait à Saint-Germain. Elle pensa aux dettes de son fils qu'il remboursait chaque fin de mois, aux ménages qu'elle faisait tôt le matin, dans les bureaux et les ateliers d'une usine voisine, avant l'arrivée des employés...

— Laisse Denis en dehors de tout ça !

Elle rentra dans la maison et claqua la porte. Valentin resta longtemps debout devant cette porte qui ne s'ouvrait plus et à laquelle il n'osait pas frapper. Enfin, il fit demi-tour, monta sur sa mobylette et s'éloigna. Il s'en voulait encore : « Quel homme je fais ! » Pendant tout le temps qu'il avait parlé à Lise, le beau visage de Grégory n'avait pas quitté ses pensées.

Les « copains » de Grégory revinrent à la Neuville le samedi suivant en début d'après-midi. Ils emmenèrent le jeune homme et Pierrette soupira de nouveau.

— Franchement, ils me plaisent pas ! dit-elle à Valentin.

Le grand-père restait enfermé dans un mutisme lourd. Il était préoccupé, distant, peu attentif à ce qu'il faisait. Parfois, son regard se posait sur Grégory et y restait accroché longtemps, jusqu'à ce que le jeune homme tourne la tête vers lui...

Le soir, quand les trois garçons ramenèrent Grégory, le vieil homme était dans son atelier. Il entendit les moteurs des motos rugir et serra les dents. « Cette fois, il faut qu'on cause, tous les deux ! »

— Vous êtes allés où ? demanda Pierrette.

— À Brive, au cinéma.

— Et tu avais de l'argent ?

— Franck a payé pour moi. Il travaille.

— Ça me plaît pas du tout que tu fréquentes ces garçons. Pourquoi tu ne vas pas avec Lionel ?

Grégory, piqué à l'endroit le plus sensible de son être, s'insurgea :

— Tu les aimes pas parce qu'ils sont noirs !

— Parce qu'ils ont des têtes qui ne me reviennent pas !

— C'est ça : ils sont noirs !

Les quatre jeunes gens n'étaient pas allés au cinéma. Ils s'étaient promenés dans la campagne à la recherche de maisons isolées aux volets clos. Grégory refusait toujours de se prêter à leur jeu, mais il aimait faire de la moto, sentir le vent fouetter sa figure. La vitesse lui donnait une agréable impression de puissance.

« Il faut qu'on cause ! » se répéta Valentin en voyant le jeune homme s'éloigner dans le chemin de la rivière et se tourner vers lui.

Il le laissa s'en aller. Il avait sûrement besoin de lui parler, mais ne trouvait pas les mots et, à mesure que les jours passaient, il se sentait de plus en plus démuni. « Ce qui est prévu se fera ! dit-il. Il faut que je paie ce que j'ai fait, ce que je n'ai pas fait ne me regarde pas ! » Cette réflexion non plus ne lui convenait pas.

Pendant toute une semaine, Valentin n'eut pas le moindre bourdonnement, la plus petite syncope, et se crut entièrement guéri de son malaise passager. Il recommençait à faire des projets quand une nouvelle attaque le surprit dans son étable, au milieu de ses vaches. Pierrette, à qui il avait caché son mal, le vit trébucher et s'affaler dans l'allée centrale, sur sa botte de paille. Elle se précipita vers lui et le secoua, mais Valentin, les yeux révulsés, ne bougeait plus.

— Valentin, qu'est-ce qui te prend ? Tu vas pas nous passer là, au milieu de l'allée ?

Au bout de longues minutes, ses yeux s'animèrent de nouveau, il revint à lui, se dressa sur les coudes et demanda :

— Qu'est-ce qui m'est arrivé ?

— Tu es tombé. Faut en parler à Alain pour qu'il te soigne ! Tu vas pas rester comme ça ?

Il ramassa sa casquette et écarta la paille sous ses vaches. Maintenant, il se souvenait du bourdonnement qui avait envahi sa tête et du trou noir qui avait suivi. Il s'était réveillé encore une fois, mais un jour proche, il ne se réveillerait plus. La mort brutale ne lui faisait pas peur, c'était même l'ultime refuge pour fuir ses incertitudes, mais depuis qu'il connaissait Grégory, il avait l'impression de barboter dans la boue.

— Tu me fais peur ! insista Pierrette.

Le lendemain, il se leva tôt, s'occupa de ses bêtes et passa se changer dans sa chambre.

— Mais où tu vas encore ? demanda Pierrette.

— Je vais où j'ai à faire ! répondit-il en coiffant sa casquette.

Il sortit. Pierrette le regarda s'éloigner sur sa mobylette. Une boule de peine grossit en elle. Le passé était toujours présent à sa mémoire, passé qui l'avait tant fait souffrir et qu'elle n'arrivait pas à oublier dans l'indifférence uniforme de la vieillesse. Après la nuit passée chez Lise, Valentin rentrait au petit jour, buvait un bol de café et partait au travail, sans un mot. À la naissance de Denis, Pierrette eut tellement honte qu'elle n'osait plus aller au marché ou à la messe. Pourtant, elle n'avait jamais fait le moindre reproche à Valentin.

— Il me fait peur ! répéta-t-elle à l'intention de Grégory. Si ses étourdissements le prennent en mobylette et qu'il passe sous une voiture...

Valentin se rendit à Malemort. Il connaissait l'usine où travaillait le fils de Lise, sur la route de Tulle. Il avait passé devant de nombreuses fois, sans jamais penser à s'arrêter, très vite, comme s'il avait redouté d'être surpris. Désormais, le temps pressait. Peut-être ne verrait-il pas l'été, le bel été franc avec ses odeurs de foin et de paille, avec ses nuits courtes et ses orages qui faisaient sortir les gros poissons dans la Vézère. Tout cela ne lui appartenait plus.

Il contourna Brive dont il redoutait la circulation, les feux de croisement, les priorités, et emprunta des petites routes qui lui convenaient mieux. L'usine Lestard était une grosse scierie spécialisée dans la fabrication des parquets de chêne et de châtaignier. Privé de la terre, Denis, en Lesmonnier qu'il était, ne pouvait que travailler le bois !

Valentin ne savait pas où il habitait, il allait donc se placer à proximité de son usine et attendre la sortie des ouvriers. Il n'avait pas revu Denis depuis que sa mère était partie de Saint-Germain. C'était alors un marmot gringalet de trois ans. Pourrait-il le reconnaître ?

Le soleil était sorti, toujours très doux. Valentin, arrêté au portail de la scierie, faisait semblant de vérifier le gonflage des pneus de sa mobylette et remarqua, de l'autre côté de la rue, une petite place avec des bancs. Il alla s'y asseoir : les jambes lui faisaient mal, une douleur vive serpentait dans ses muscles, taraudait ses os. Une fois assis, il se sentit mieux. De sa place, il pouvait surveiller le parking, mais se dit que si Denis partait en voiture, il ne pourrait pas lui parler.

La pensée de Grégory s'imposa à lui. La veille au soir, avant de manger la soupe, le garçon taillait un morceau de bois, et Valentin avait remarqué combien ses mains étaient habiles, combien il avait le sens du bois et ne présentait jamais la lame à contre-fil. « Il en remontrerait à beaucoup qui se croient malins ! » dit-il.

Une heure passa. Le ciel se couvrait. « Il va pleuvoir ! pensa Valentin. C'est bien ma veine ! » Il se leva lentement de son siège et revint vers l'usine d'où partait un camion. Il s'accroupit à côté de sa mobylette et fit semblant de démonter la bougie. Du bâtiment central venait le bruit strident des scies. Enfin, un groupe d'hommes sortit et se dirigea vers le parking. Valentin les dévisagea un à un puis ses yeux s'arrêtèrent sur l'un d'eux, pas très grand, mais les épaules larges. La même silhouette qu'Alain en plus jeune. Valentin se revit à trente ans quand il ne fallait pas trop le chatouiller parce qu'il avait le coup de poing facile.

Denis aperçut Valentin, leurs yeux se croisèrent, s'accrochèrent un instant, puis le jeune homme détourna la tête et poursuivit sa conversation. Au parking, il monta dans sa voiture, manœuvra et passa une nouvelle fois près de Valentin qui s'était dressé. Il lui jeta un regard distrait et s'en alla. Penaud, plus lourd que jamais, Valentin monta sur sa mobylette et prit la direction de Brive. Au bout de quelques minutes, il s'arrêta. « Comment le retrouver si je ne l'attends pas à l'usine ? » pensa-t-il. Il fit demi-tour. « Quand il arrivera, en début d'après-midi, je lui ferai signe ! »

Cette fois, il ne se cacha plus, il posa sa mobylette sur le parking et attendit. Ses jambes lui faisaient de plus en plus mal, il s'assit sur le bord du trottoir. Des gens qui arrivaient s'étonnaient de ce vieux paysan qui les regardait avec insistance, la casquette sur les yeux. L'un d'eux demanda à Valentin s'il avait besoin d'aide, il fit non de la tête et se tourna vers la route.

Les heures passaient. Valentin avait mal partout. L'après-midi était bien entamé, Denis ne viendrait pas. Alors, avec la lenteur de son âge, le vieil homme remonta sur son véhicule et s'en alla.

Il ne retourna pas directement à la Neuville. Il passa par Bransac et s'arrêta à l'entrée du chemin de Lise. « Cette fois, elle va pas me recevoir comme un voleur ! » pensa-t-il. Mais là aussi, il n'eut pas de chance : la porte était fermée, les volets clos. « Elle sera partie chez son fils ! » se dit Valentin, conscient d'avoir perdu son temps. « Et le maïs que j'ai pas encore semé ! » s'exclama-t-il en regardant le ciel nuageux.

Quand il arriva, Pierrette ne lui fit aucune remarque, ne lui posa aucune question.

— T'en fais pas pour les vaches ! Grégory leur a donné du foin ! dit-elle.

Valentin se tourna, incrédule, vers l'adolescent.

— Elles ont eu la même ration que d'habitude ! précisa Grégory. Je t'ai assez regardé le faire...

Valentin se rendit à son étable, inspecta ses bêtes, puis entra dans la grange. La fourche avait été rangée à sa place, les bottes de foin étaient alignées dans l'ordre habituel.

— Bon, je vais aller semer le maïs. C'est que la saison avance et que j'ai encore rien fait !

Le semoir était attelé au tracteur depuis la veille. Valentin s'approcha des trois gros sacs qu'il avait fait livrer par la coopérative, en empoigna un pour le soulever et vider les grains dans le semoir. Une violente douleur dans le dos lui arracha un petit cri. Il recommença, mais les forces lui manquaient : le sac resta collé au plancher. « Comme on baisse vite ! constata-t-il. L'année dernière encore... » De la porte, Grégory avait assisté à la scène.

— Je vais t'aider ! dit-il en s'approchant des sacs.

Valentin sentit la colère monter en lui, une colère dirigée contre lui-même, son âge, ses forces qui faiblissaient et qu'il était prêt à jeter à la face de cet adolescent plein de vie.

— Qu'est-ce que tu peux m'aider ?

Sans un mot, Grégory prit le sac à pleins bras, le souleva et versa le maïs dans le semoir.

— C'est que tu es costaud ! constata Valentin.

Il monta lentement sur son tracteur. Cette opération aussi était de plus en plus laborieuse. Il avait du mal à soulever ses jambes toujours plus lourdes et se hisser sur le siège par la force des bras.

— Si tu voulais, grand-père Valentin, je pourrais conduire le tracteur...

— Je sais, mais tu comprends bien que...

Il n'acheva pas sa phrase. Le tracteur s'en alla lentement dans le chemin. Grégory revint vers la maison. Une voiture bleue arriva de la route de Brive et se gara près de la 4 L blanche de Pierrette. Le jeune homme reconnut sa tante, Maryse, qui était à l'enterrement de sa mère, mais pas la jeune fille aux grands cheveux lumineux qui l'accompagnait.

— Maryse et Stéphanie ! s'exclama Pierrette dont le visage s'assombrit car, en la présence inattendue de sa belle-fille, elle pensait à Nathalie.

À son tour, Maryse baissa les yeux et se composa un visage triste et fataliste. Elle embrassa Pierrette et la serra un instant dans ses bras.

— C'est comme ça ! fit-elle.

Maryse embrassa enfin Grégory et lui dit :

— Je te présente Stéphanie, ta cousine !

Grégory s'approcha timidement. Sa tante était vêtue d'un tailleur beige. C'était une femme d'un autre monde, cela se remarquait à ses gestes délicats, à ses petites mains fines et à ses bijoux. Stéphanie aussi était vêtue avec soin, mais d'une manière plus libre, plus jeune. Grégory n'osa pas lever les yeux sur son beau visage ovale aux pommettes un peu saillantes, ses grands yeux gris-vert, pleins de lumière.

— Eh bien, Grégory, tu n'embrasses pas ta cousine ?

Sa peau foncée cachait le flux de sang qui montait à ses oreilles. Les yeux baissés, il s'approcha enfin de Stéphanie et posa un rapide baiser sur sa joue. Le bref contact de ses lèvres sur la peau de la jeune fille fut d'une douceur, d'une intensité qui lui nouèrent la gorge et il fut incapable de dire un mot. La présence de sa tante ravivait sa douleur. Elle était assise sur cette même chaise près de la table dans la cuisine au lendemain de la mort de sa mère...

Pierrette et Maryse évoquèrent à mots couverts cette pauvre Nathalie qui n'avait pas eu de chance et se tournèrent vers Grégory qui baissait toujours la tête. Enfin, Maryse, dont la voix coulée tranchait sur l'accent vulgaire de sa belle-mère, lui dit :

— T'en fais pas ! Ton oncle ne t'abandonne pas. Il a pris des contacts pour te trouver un foyer et une formation puisque tu veux entrer en apprentissage...

Puis se tournant vers Pierrette, elle ajouta :

— À son âge, on ne sait pas très bien ce qu'on veut ! Alain pense qu'il ferait bien de s'orienter vers un métier artisanal.

Grégory s'éloigna. Il aurait voulu rester auprès de Stéphanie, mais il se sentait laid, maladroit, terriblement noir, lui le fils de Nathalie, la maudite. Miro le suivit, fidèlement, et le garçon en était fier. Tout à coup, il se tourna : sa cousine se dirigeait vers lui, un large sourire aux lèvres.

— Tu viens ? On va se promener !

Ils partirent dans le chemin qui descendait vers la rivière. Paul Préjent qui revenait de visiter son troupeau les regarda marcher l'un à côté de l'autre et s'étonna : la fille d'Alain Lesmonnier, une chipie toujours bien habillée, mal élevée et gâtée, en compagnie de ce miséreux, avait quelque chose d'invraisemblable.

Grégory et Stéphanie marchèrent en silence jusqu'au jardin défriché de Valentin, s'arrêtèrent près de la terre noire offerte au soleil. Ils éprouvaient ainsi le besoin de regarder dans la même direction, de se rejoindre par ce carré d'humus rendu à la culture raisonnée. La même émotion les réunissait dans un silence qui bloquait leurs pensées, les arrêtait sur un instant d'éternité. Ils ne se connaissaient pas, pourtant, ils se savaient proches l'un de l'autre, issus de la même souche et en même temps si différents ! Grégory était ébloui par la beauté de Stéphanie, ses grands cheveux blonds, ses beaux yeux, son corps de jeune fille, ses seins qui tendaient son chemisier. Stéphanie sentait que ce garçon pas comme les autres, ce cousin lointain, jusque-là rabaissé constamment, était timide et sensible. Le regard du mauvais élève avait la lumière de l'intelligence. Le malheur qui l'avait frappé y ajoutait une résignation désespérée qui faisait mal et attirait la jeune fille. Ce fut elle qui parla la première :

— J'ai beaucoup pensé à toi, même si je ne t'imaginais pas comme tu es. Oui, j'ai pleuré pour toi.

— Je suis seul ! répondit Grégory. Très seul et je ne m'y habitue pas. Si j'avais pas la grand-mère...

— Et le grand-père Valentin ?

— Je sais pas. J'ai l'impression que je le gêne, qu'il étouffe quand je suis près de lui.

— Faut pas faire attention à lui. Il n'est jamais content. Il rouspète tout le temps. Mon père le déteste pour des histoires d'autrefois et puis...

Elle aperçut une violette dans le fossé, la cueillit et la porta à ses narines.

— Et puis, il pue !

Elle éclata de rire, il sourit à son tour et ils osèrent se regarder. Stéphanie parcourut des yeux le visage de Grégory. Sa peau était d'un beau marron, aux chauds reflets ocre. Il avait de sa mère les traits réguliers, le front haut, le nez droit aux narines serrées.

— Tu sais, les parents ne comprennent pas toujours les jeunes. Mon père est persuadé d'avoir toujours raison. Il voudrait aussi choisir mes copains et mes copines. Moi, je lui accorde tout, mais une fois qu'il a le dos tourné, je n'en fais qu'à ma tête. Et comme il n'est jamais à la maison...

— Et ta mère ?

— On s'entend bien toutes les deux. On partage nos petits secrets. Et toi, tu t'es fait des amis ?

— Oui. Mais je préfère rester seul !

Il soupira, conscient que le malheur l'avait vieilli prématurément et qu'il ne retrouverait jamais la légèreté et l'insouciance de son âge.

— J'aimerais rester ici, à la Neuville. Mais je ne suis chez moi nulle part. Alors, il faudra bien que je parte !

— Eh bien, moi, je ne veux pas que tu partes !

Ils arrivèrent à la rivière, large entre ses rangées d'aulnes. Ils s'arrêtèrent sur l'antique pont à trois arches et regardèrent la cascade en aval.

— Mon père dit que la grand-mère Pierrette a la même maladie que ta mère et qu'elle risque de tomber d'un coup à tout instant !

— Personne ne sait ce que ma mère a souffert. Les deux derniers mois, elle pouvait à peine marcher. Il fallait que je l'aide en tout. On a été très malheureux, tous les deux ! L'opération était sa seule chance... Moi, je savais...

Une larme roula sur sa joue. Du bout du doigt, Stéphanie l'essuya.

— Ça arrangeait drôlement le grand-père Valentin ! ajouta-t-il. Celle dont il avait tant honte..

— Tais-toi, je te dis. Toi et moi, on est pareils. Je saurais pas dire comment, mais quand tu parles, je sais qu'on est pareils !

Elle lui prit la main.

— Mon beau cousin, il faut rentrer. Maman doit se demander où nous sommes passés !

Grégory sentait, accrochés à sa main inerte, les doigts chauds et doux de Stéphanie. Ils arrivèrent à la défriche de Valentin, contemplèrent une nouvelle fois la terre nue, puis remontèrent au hameau. Le jeune homme aurait voulu retirer sa main de celle de Stéphanie qu'il avait le sentiment de salir, mais les doigts de la jeune fille s'accrochaient toujours aux siens avec insistance.

— J'aimerais qu'on se revoie, mon beau cousin ! Tu serais moins seul et j'en aurais beaucoup de bonheur !

Beau cousin ! Ces deux mots tournaient dans la tête de Grégory, y répandaient une douce ivresse. C'était la première fois que quelqu'un lui disait qu'il était beau.

— Moi aussi, je voudrais bien !

Stéphanie réfléchit un instant, puis inspira et dit :

— Voilà ce qu'on va faire...

Stéphanie, comme si elle redoutait qu'on l'épie, approcha sa bouche de l'oreille de Grégory et murmura :

— Saint-Perrault n'est qu'à douze kilomètres de la Neuville, c'est pas le bout du monde. Je viendrai te voir avec ma mobylette !

— Ta mobylette ?

— Oui, mon père m'en a acheté une pour mes seize ans, au mois de janvier. Je dirai que je vais travailler mon bac avec une amie que je mettrai au courant. On se retrouvera au pont, en bas. Ce sera notre secret.

— Et tu viendras quand ?

— Samedi prochain à trois heures de l'après-midi. Tu n'oublieras pas ?

Elle entra dans la maison où sa mère commençait à s'inquiéter. Grégory resta en retrait, en proie à un violent tumulte. Son cœur battait très fort et il se sentait léger, comme libre de toute attache, libre de toute inquiétude. Pour la première fois de sa vie, il n'était pas inférieur, marqué au fer par la couleur de sa peau et les condamnations de ses parents. Le vent s'était levé et la tour Maronne lui chantait un air agréable à entendre.

Maryse se dressa, déplissa sa jupe.

— On y va ! dit-elle en embrassant rapidement sa belle-mère. Alain sera rentré avant nous.

À son tour, Stéphanie embrassa sa grand-mère et Grégory puis monta dans la voiture bleue dont le moteur tournait déjà. Quand le véhicule eut disparu, le garçon se demanda s'il n'avait pas rêvé, tant cela lui paraissait impossible. Stéphanie avait bien dit qu'elle reviendrait le voir samedi prochain et il ne le croyait toujours pas !

La semaine passa, interminable. Valentin plantait ses pommes de terre, mais il devait s'asseoir souvent. Ses jambes lui faisaient toujours aussi mal, il pouvait difficilement se courber sur les sillons.

Grégory l'aidait. Le jeune homme était partout à la fois ; il étalait le fumier dans le sillon, disposait les tubercules à espaces réguliers, et Valentin qui soulevait de plus en plus difficilement ses jambes ne s'opposa pas à ce qu'il conduise le tracteur. « C'est sûr qu'il se débrouille bien ! constatait le vieux, mais quand même... »

Les étourdissements se multipliaient au point qu'il n'osait pas retourner à l'usine Lestard, tant il redoutait de tomber de sa mobylette. Pourtant, il ne perdait pas espoir : il allait pouvoir souffler pendant quelques jours et tout irait mieux...

Enfin, le samedi tant attendu par Grégory arriva. Tôt le matin, un pêcheur remonta de la vallée et annonça à Pierrette que le moulin restauré qui se trouvait en aval du pont de la Neuville avait été pillé. Les volets avaient été fracturés et les carreaux cassés.

— Vous voulez parler du moulin que des Hollandais ont acheté et remis en état ? demanda Pierrette.

L'homme acquiesça et téléphona aux gendarmes. Ceux-ci se rendirent aussitôt sur les lieux, constatèrent les faits et cherchèrent des indices permettant de retrouver les voleurs.

Pierrette ne pouvait s'empêcher de rapprocher ce cambriolage des copains de Grégory. Elle n'en montra rien et conduisit, comme prévu, son petit-fils au marché pour lui acheter des vêtements.

Arrivée au bourg, elle pesta contre les marchands dont les camions l'empêchaient de garer sa voiture sur la route de la mairie. La place de Saint-Germain était envahie de bancs et d'une foule de badauds venus des hameaux voisins. Grégory, la tête basse, supportait les regards curieux qui s'attardaient sur lui. Devant le marchand de chemises, il rencontra, accompagnée de sa mère, Pauline qui lui fit un sourire gracieux.

Les gens parlaient du pillage du moulin des Hollandais. Au bistrot de Léon, les gendarmes apprirent l'existence de Grégory, fils d'une pauvre fille condamnée deux fois, et de ses trois copains, des Noirs, qui venaient parfois de Brive sur leurs grosses motos. À midi, ils arrivèrent à la Neuville en même temps que Pierrette, saluèrent Valentin puis interrogèrent Grégory à propos de ses amis. Le jeune homme, très mal à l'aise, fit face.

— Comment s'appellent-ils ? demanda un gendarme.

— Franck et son frère, Antoine. Et puis il y a Harry, un Américain.

— Leurs noms de famille ?

— Je ne les connais pas.

— Où les as-tu rencontrés ?

— À Brive, quand j'ai passé la nuit dans la maison d'une association.

— Comment s'appelle cette association ?

— Je n'en sais rien.

— Tu saurais retrouver la maison ?

— Non.

Les gendarmes se regardèrent, conscients qu'ils n'étaient pas près de mettre la main sur les coupables, puis s'en allèrent.

Pendant le déjeuner, Pierrette rouspéta :

— Je t'avais dit de te méfier. Ces garçons ne peuvent que t'entraîner vers le mal. Tu veux aller en prison, dis, c'est ce que tu veux ?

Le souvenir de Nathalie flotta dans leurs mémoires. Valentin toussa, Grégory baissa la tête. Et Pierrette se mit à parler d'autre chose.

Grégory avait hâte de se rendre à son rendez-vous avec Stéphanie. Le ciel s'était dégagé dans la matinée et le soleil brillait, doux, un soleil de fin d'avril. Le jeune homme, l'esprit léger, écoutait les oiseaux chanter dans la haute haie vive. En passant près du jardin de Valentin, il s'arrêta un instant, puis poursuivit son chemin.

Tout en marchant, il poussait du bout de sa chaussure les cailloux libres. Miro l'avait suivi et flairait les herbes nouvelles du fossé. Le garçon s'était habitué à la présence du chien et s'amusait de le voir courir devant lui, tendre l'oreille au moindre bruit.

Avant d'arriver au pont, il sortit de sa poche le petit flacon de parfum qu'il avait pris dans la salle de bains de Pierrette et s'aspergea copieusement les cheveux et le visage : on lui avait assez dit que les Noirs sentaient mauvais !

À cet endroit, la Vézère se donnait des allures de fleuve. Son flot puissant, gonflé de toutes les eaux du département, grondait sourdement. Il la contempla un instant puis continua dans le chemin qui remontait sur l'autre versant par où devait arriver Stéphanie. Dans quelques minutes, il entendrait le moteur de la mobylette, alors son cœur s'accélérerait, alors il aurait envie de se cacher car il se savait laid, marqué de l'infamie par la peau de son père.

Un bruit encore lointain le décida à se dissimuler pour voir la jeune fille le chercher des yeux, pour savourer son attente. Il s'éloigna dans le bois, s'accroupit, le cœur battant, derrière une touffe d'aubépine. Le bruit s'évanouit dans le roulement de la rivière et les cris des oiseaux. Au milieu du chemin, une pie ramassait des brindilles. Stéphanie était en retard, sa mère l'aurait retenue au dernier moment, ou alors elle avait eu la visite d'une amie qui s'était attardée. Grégory n'avait rien d'autre à faire qu'à attendre, et il se sentait la force de rester là tout l'après-midi.

Une longue heure passa. Grégory, toujours assis derrière l'aubépine, avait des fourmis dans les jambes. Il s'impatientait, et commençait à douter. Il sortit de sa cachette et marcha dans le chemin en direction du moulin des Hollandais. Miro, qui en avait eu assez de rester toujours au même endroit, était remonté à la Neuville.

Grégory fit le tour du bâtiment, s'arrêta devant les volets et les fenêtres fracturés. Ses copains qui se disaient si discrets avaient agi de la pire manière ! Et si ce n'était pas eux, les voleurs ?

Le soleil se couchait. L'ombre montait de la terre, épaississait l'eau dont le bruit s'amplifiait. Une fraîcheur soudaine surprit Grégory. Stéphanie ne viendrait pas ! De la glace figeait son esprit sur cette réalité. Le beau rêve, une fois de plus, s'envolait ; il avait été assez naïf pour y croire toute une semaine, pour y puiser la force de supporter le poids de la lourde peine qui l'écrasait constamment, l'ambiguïté de Valentin, l'incessant harcèlement de Pardailloux et de ses copains. Il ne lui restait que l'amertume, la désillusion, le désespoir. Qu'espérait-il ? Frotter son museau de suie sur la peau satinée de sa belle cousine ? Il n'était pas fait pour être heureux et devait s'y résigner une bonne fois pour toutes. Puni pour ses origines et par la disparition de la seule personne qui l'aimait, son errance ne faisait que commencer. À la rentrée prochaine, il partirait dans un foyer quelconque où il serait encore le seul Noir parmi les Blancs. À quoi bon continuer de vivre pour n'essuyer que rejets, pour être toujours mis à part ?

En arrivant à la Neuville, Lionel Lombet, qui revenait du bourg, s'arrêta à sa hauteur et lui serra la main.

— Je t'ai cherché en début d'après-midi. Je reviens de l'entraînement du foot. Tu voudrais venir jouer avec nous ?

Grégory n'avait jamais aimé le sport et en particulier les sports d'équipe. Taper dans un ballon lui semblait futile.

— Moi, tu sais, le foot, c'est pas mon truc !

— On fait ça pour s'amuser, sans se forcer ! Et demain, qu'est-ce que tu fais ? Les gens ne parlent que de tes copains de Brive. Si tu venais avec nous, ça les ferait taire !

— J'ai pas de vélo !

— Je peux t'en prêter un !

— On verra !

Il entra dans la maison. Pierrette était assise à table, Valentin lisait un vieil almanach, ses grosses lunettes sur le bout du nez. Chaque année au printemps, il ressortait cette antiquité qu'il connaissait par cœur, mais c'était sa manière à lui de rendre hommage à la saison. Il leva les yeux sur Grégory et se plongea de nouveau dans sa lecture. Un petit article, qui lui avait échappé, attira son attention : « *Le saviez-vous ? Il existe plusieurs espèces de cygnes et en particulier les grands cygnes blancs de nos lacs. Pourtant, quand ils naissent, tous les cygnes sont noirs. Ils ne prennent leur belle livrée blanche qu'une fois adultes.* » Valentin regarda Grégory une nouvelle fois.

Le lendemain, le vieil homme se leva avec des courbatures sur tout le corps. Il n'avait pu détacher ses pensées des cygnes noirs qui devenaient blancs. Grégory lui proposa de porter le foin aux vaches et le vieil homme n'eut pas la force de refuser. Ses douleurs lui coupaient tout élan, il se contenta de surveiller l'opération. « Il n'y a pas à dire, pensait-il. C'est pas un maladroit et il a vite compris comment s'y prendre ! »

En tout début d'après-midi, une mobylette s'arrêta sous le tilleul. Miro aboyait, le cœur de Grégory bondit.

— Oui, dit Stéphanie à Pierrette en posant son casque sur la selle de sa mobylette, j'ai pensé que mes vieux livres de classe pourraient aider Grégory dans son travail ! Moi, je ne peux plus rien en faire, alors autant les lui donner !

La jeune fille embrassa sa grand-mère qui la regardait d'un air plein de soupçons.

— Tes parents t'ont donné la permission de venir jusqu'ici ?

— Bien sûr ! Grégory n'est pas là ?

Il se montra, confus, la tête baissée. Il pensait à son après-midi d'attente près de la Vézère. La jeune fille l'embrassa sur les deux joues.

— Viens, je vais te montrer les livres que j'ai trouvés pour toi.

Ils entrèrent dans la maison. Stéphanie lui souffla à l'oreille :

— J'ai pas pu venir, hier. Ma mère m'a obligée

à la suivre. Je pouvais pas t'avertir ! J'espère que tu n'as pas trop attendu.

— Non, non ! Quand j'ai vu que tu ne venais pas, j'ai pensé que tu avais un empêchement, alors je suis remonté. C'est pas grave du tout !

— Bon, je pose les livres, je dis au revoir à la grand-mère, à toi aussi, comme si je repartais chez moi, mais je vais faire le tour par Saint-Germain et on se retrouve dans un quart d'heure au pont de la Vézère, comme c'était convenu hier, d'accord ?

— D'accord !

Stéphanie expliqua à sa grand-mère qu'elle ne pouvait pas rester, puis coiffa son casque et s'en alla. Grégory, impatient, rangea les livres dans sa chambre et rejoignit, sans se montrer, le chemin de la rivière.

Il courut jusqu'au pont. Le bruit de la mobylette l'avertit que la jeune fille arrivait.

— Avec mes parents, c'est toujours pareil ! dit-elle. Il suffit que j'aie décidé de faire quelque chose pour qu'ils me trouvent une corvée.

Grégory gardait la tête baissée. Il se sentait d'une laideur repoussante.

— On va se promener ?

Elle lui prit la main et l'entraîna dans le sentier des pêcheurs le long de la rivière. Stéphanie raconta sa vie de lycéenne douée, parla de ses copines, des garçons de sa classe qui la « draguaient ». Elle parla de son père, grincheux et trop sérieux, de sa mère qui s'ennuyait à la maison.

— Il faudra que tu viennes, un jour, chez moi ! C'est une très grande maison austère et triste qui appartient à mes grands-parents. Eux, ils sont à Brive. Mon grand-père est notaire.

— Et tu viens souvent à la Neuville ?

— Non, jamais. C'est à cause d'une femme que le grand-père Valentin allait voir et qui aurait eu un enfant de lui... Je ne sais pas très bien, mais mon père ne le lui a jamais pardonné !

Ils se turent un instant, puis Stéphanie demanda :

— Tu es déjà sorti avec une fille ?

Il baissa la tête pour ne pas montrer son embarras. Non, il n'était jamais sorti avec une fille et se savait terriblement maladroit. Elle éclata d'un petit rire, puis se planta devant lui.

— Moi, je suis déjà sortie avec un garçon ! Mes parents n'en ont rien su, ils croient que je suis une fille qui ne pense qu'à l'école. S'ils savaient tout ce que je fais... J'ai rompu parce que je ne l'aimais pas !

Ils reprirent leur marche. Miro arriva et frétilla de la queue près de Grégory.

— C'est vrai qu'il t'aime, ce chien. Et il a raison de t'aimer, mon beau cousin ! Et moi aussi, je veux t'aimer. On se retrouvera ici toutes les semaines !

Elle repoussa ses cheveux et se blottit contre lui.

— Ça te gêne pas que...

— Quoi ? demanda-t-elle en ouvrant de grands yeux.

— Que je sois noir ?

Elle rit de nouveau.

— Noir ? J'aime ta couleur de chocolat blond. J'aime tes beaux yeux et ton odeur un peu poivrée.

Alors Grégory pensa que, dans sa précipitation, il avait oublié de prendre le petit flacon de parfum.

Trois motos traversèrent Saint-Germain en trombe et s'arrêtèrent à la Neuville, à côté de la voiture blanche de Pierrette. Grégory salua ses amis qui l'invitèrent à faire un tour. Le jeune homme hésita : il n'avait pas envie d'être mêlé à leurs histoires ; pourtant, l'envie de connaître la vérité à propos du moulin des Hollandais le fit accepter. Il s'assit derrière Franck et les engins s'en allèrent dans un tonnerre assourdissant. Ils s'arrêtèrent sur la place de Saint-Germain. Harry expliqua :

— C'est pas parce qu'on est noirs qu'on va se cacher !

— Je veux pas d'histoires ! précisa Grégory.

Benoît Pardailloux les regardait de loin et pensa qu'il devrait rassembler ses copains pour faire comprendre à ces nègres qu'ils n'étaient pas chez eux.

Grégory dit à Franck :

— Les gendarmes sont venus me voir pour le moulin des Hollandais !

— Ils nous ont questionnés aussi. Tu penses

qu'ils n'ont pas eu beaucoup de mal à nous retrouver : il n'y a pas cent Noirs dans la ville de Brive, alors c'était facile. On a pu prouver qu'on n'y était pour rien. Nous, on ne travaille pas comme ça. Je t'ai dit : on est discrets !

— Alors, c'est qui ?

Antoine haussa les épaules.

— Ça ressemble au travail des frères Junot. Des Blancs. On les a balancés parce qu'ils viennent chasser sur nos terres. Au fait, tu connais d'autres baraques isolées ?

— Non, je ne veux pas être votre complice ! fit Grégory, rassuré.

Depuis quelques jours, Valentin allait mieux. Il avait pu se reposer et les étourdissements s'étaient espacés. Un après-midi, il décida de se rendre à Malemort. Quand elle le vit prendre sa mobylette, Pierrette se mit en colère :

— Où tu vas encore ? Si tu tombes, hein ? Je peux t'emmener avec la voiture !

— Non, tu peux pas m'emmener avec la voiture !

— Tu cherches vraiment la catastrophe !

Elle avait téléphoné à Alain pour lui faire part de ses craintes à propos des évanouissements de Valentin. Alain avait précisé que les causes pouvaient être multiples et qu'il faudrait hospitaliser son père pour faire une série d'examens. Valentin n'avait rien voulu entendre : il allait très bien ; ses étourdissements étaient dus à de la fatigue et à son âge, les médecins n'y pouvaient rien !

— À ton âge ? Tu n'es pas si vieux !

Une nouvelle fois, Valentin contourna Brive par des petites routes tortueuses. Il avait beau fanfaronner, il n'était pas rassuré : quelque chose s'était détraqué en lui, un mal insidieux le rongeait et s'aggravait de jour en jour.

Quand il arriva à l'usine Lestard, un tumulte profond s'empara de lui. Les yeux baissés, la respiration rapide, il hésita à côté de sa mobylette à se diriger vers l'entrée. Il était au pied du mur et, une fois de plus, le courage lui manquait. Tout à coup, le bourdonnement le prit, il trébucha puis se ressaisit. Il respira à fond, le malaise se dissipa ; alors, il osa marcher vers la porte.

À la réception, une jeune femme brune lui sourit et lui demanda ce qu'il désirait. Valentin se racla la gorge et, les yeux toujours baissés comme s'il disait une monstruosité, précisa :

— Je voudrais parler à Denis Livouret.

— Je ne sais pas si on peut le déranger. Attendez quelques instants, je vais voir.

Elle décrocha le téléphone sans quitter Valentin des yeux.

— Il arrive ! dit la jeune femme à son intention.

Alors, il se troubla, se tourna vers la sortie. Il aurait voulu s'enfuir, dire que ce n'était pas la peine de déranger M. Livouret... Une porte s'ouvrit et Denis, en bleu de travail, arriva, étonné de reconnaître le vieil homme qui, l'autre matin, assis à côté de sa mobylette, l'avait dévisagé.

— Monsieur ?

Valentin osa lever les yeux sur lui. Denis ne remarqua pas sa ressemblance évidente avec cet inconnu.

— Il faut que je vous parle ! dit enfin Valentin.

— Eh bien, parlez-moi.

— Pas ici. Il y a un bistrot en face. Si vous veniez boire un coup...

— C'est que mon patron ne me paie pas pour aller au bistrot. Alors, faisons vite !

Il passa devant Valentin, intrigué, malgré lui, par ce paysan qui venait le voir à son travail. Valentin le suivit lourdement, à petits pas de vieux.

— Dépêchons-nous ! précisa Denis. Je ne peux pas m'absenter trop longtemps.

Ils entrèrent dans le bistrot, s'installèrent à une table. Valentin commanda un verre de vin rouge, Denis une bière. Le silence se fit entre eux. Denis, curieux, demanda enfin :

— Qu'est-ce que vous me voulez ?

C'était difficile à dire, Valentin bredouilla :

— J'ai vu la Lise, l'autre jour !

— Ma mère ? Mais pourquoi ?

— Je lui ai dit que je voulais pas mourir sans arranger nos affaires !

— Vous avez des affaires avec ma mère ?

Tout à coup, le regard de Denis se durcit. Un soupçon s'était glissé en lui, il serra son poing sous la table. Valentin murmura :

— Oui, des affaires d'il y a longtemps.

Puis, dans un souffle, il ajouta :

— Je suis ton père !

Denis blêmit, puis se leva brusquement et s'en alla sans un mot. Valentin sortit à son tour pour retenir le jeune homme, mais c'était trop tard. Denis était rentré dans l'usine. Valentin revint lentement vers sa mobylette, l'esprit sombre, bloqué sur ce visage qui lui ressemblait et qui était contracté par la colère, une colère dirigée contre lui.

Il se dit qu'il allait passer voir Lise, qu'il allait lui parler comme autrefois. La douce Lise lui pardonnerait et l'aiderait à apprivoiser Denis, le dernier des Lesmonnier qu'il avait décidé, depuis longtemps, d'installer à la Neuville...

En arrivant au chemin de Bransac, le courage lui manqua une fois de plus et il accusa la fatigue pour justifier sa lâcheté. Il reviendrait le lendemain !

À la Neuville, Pierrette ne lui fit aucune remarque, mais constata qu'il marchait plus lourdement que d'habitude.

Mardi, en début d'après-midi, la nouvelle éclata dans le collège comme une bombe. M. Lettier prit la chose tellement au sérieux qu'il réunit tous les élèves dans la cour. Sa montre, sa belle montre de valeur que, par une vieille habitude, il posait devant lui sur son bureau, avait été volée dans la matinée. Il s'en était aperçu au moment de rentrer chez lui vers midi et demi. Le principal dénonça cet acte grave devant l'assemblée des élèves qui se regardaient avec des airs interrogateurs. Grégory baissait la tête. Même s'il n'était pour rien dans ce vol, il se sentait coupable. Pardailloux et ses copains ne le quittaient pas des yeux, prêts à l'accuser. De même, M. Lettier, malgré lui, ne cessait de le regarder : plus grand que les autres, on ne voyait que lui, l'élément étranger, le coupable idéal.

M. Tendraut revint des salles de classe. Il regarda lui aussi Grégory en premier. Le garçon avait envie de s'enfuir, d'échapper à cette machination, mais il était prisonnier au milieu des autres et ne pouvait profiter d'aucun effet de surprise.

M. Tendraut, le visage grave, tendit la montre du principal qu'il venait de retrouver.

— Elle était dans le cartable de Grégory Lesmonnier !

Un murmure outré parcourut les élèves. Pardailloux fit une remarque grossière que personne ne pensa à relever. Révolté, Grégory protesta :

— Ce n'est pas moi. J'ai pas volé cette montre !

— Alors que faisait-elle dans ton sac ? demanda M. Tendraut.

— Je ne l'ai pas mise dans mon sac, parce que je ne l'ai pas volée.

Raphaël Laplanche, son inséparable copain, intervint :

— Je suis resté tout le temps avec Grégory, ce matin, et il ne peut pas avoir volé votre montre !

— Tu ferais mieux de te taire ! s'exclama M. Tendraut. Je vais être obligé de croire que tu es complice !

— Je n'ai pas volé votre montre ! cria encore Grégory d'une voix dont M. Lettier comprit le désespoir.

Il pria les élèves de se rendre dans leurs classes et demanda à Grégory de le suivre dans son bureau, mais cette fois M. Tendraut se tenait auprès de lui et ne le quittait pas des yeux. Grégory avait envie de frapper. Il connaissait le coupable, il l'avait vu dans son regard, c'était Pardailloux qui le haïssait, mais Pardailloux était blanc, fils d'un notable local, il ne risquait donc rien.

— Je jure que je n'ai pas volé votre montre ! répéta Grégory en adoucissant le ton. Quelqu'un l'a mise dans mon sac pour m'accuser.

— Ah bon ? Et qui aurait voulu te faire punir ?

— Quelqu'un qui m'en veut parce que je suis... Enfin, je ne suis pas comme les autres !

Une fois dans le bureau, M. Lettier ferma la porte et s'assit à son bureau.

— Je sais que tu n'as pas volé ma montre ! dit-il d'une voix douce. Je constate une fois de plus que la bêtise est au service de la méchanceté.

Grégory osa enfin lever les yeux sur le principal et eut la confirmation que son visage n'était pas aussi dur qu'il le paraissait. Une fois de plus, il eut le sentiment que cet homme était de son côté.

— Ne t'en fais pas, la vie se charge souvent de remettre les gens à leur place. Sache que rien n'est gratuit !

— Certains ont beaucoup plus de chance que d'autres ! précisa Grégory, enhardi jusqu'à dire le fond de sa pensée.

— Certes, répondit le principal. Mais la chance tourne. Tu ne dois pas désespérer. Ce qu'il faut, c'est que la terrible épreuve que tu as traversée serve à te renforcer, à te donner des armes pour plus tard. Quoi qu'il en soit, je te suivrai et si quelque chose ne va pas, n'hésite pas à venir me voir. De toute évidence, tu n'es pas fait pour l'école, mais cela n'a pas d'importance, tu peux très bien te débrouiller autrement... Maintenant, retourne dans ta classe et promets-moi que tu ne chercheras pas à faire payer à Pardailloux sa méchanceté !

Grégory avait chaud au cœur. Ce que venait de lui dire M. Lettier lui faisait un bien infini. Il retourna dans sa classe le sourire aux lèvres.

Samedi arriva sans nouvel incident avec un soleil radieux sur les collines. Pierrette avait décidé que Grégory avait les cheveux trop longs et le conduisit chez le coiffeur. Louis Lebut fit asseoir le jeune homme sur le fauteuil, en face d'une grande glace. Il précisa :

— J'ai pas l'habitude de couper des cheveux comme ça. Vous m'en voudrez pas, madame Lesmonnier, si mon ciseau dérape un peu !

Pierrette n'aimait pas cet homme visqueux et toujours prêt à médire.

— Je vous demande de couper les cheveux de mon petit-fils ! bougonna-t-elle. Vous êtes bien coiffeur, non ?

— Ben oui, je suis coiffeur, mais je coiffe des cheveux normaux. Comment voulez-vous passer un peigne là-dedans ?

Grégory, mortifié, serrait les dents et se taisait. Stéphanie aimait ses cheveux, Stéphanie aimait sa peau noire, c'était l'essentiel !

Quand ils revinrent à la Neuville, Valentin, armé d'un gros bâton, se préparait à mettre ses vaches au pré après les longs mois d'immobilité. Il appelait Miro qui refusait de lui obéir.

Une multitude d'oiseaux voletaient dans la haute haie, près du chemin. Les aubépines répandaient la neige de leurs pétales légers comme des plumes.

Valentin demanda à Pierrette et Grégory de l'aider. Ils se placèrent aux croisements des chemins pour obliger les bêtes à prendre la bonne direction. Valentin les détacha et, une fois libres, elles sortirent précipitamment de l'étable, gambadèrent dans tous les sens. Miro courait derrière en aboyant, mais elles ne s'arrêtaient pas. Valentin hurlait, menaçait, se démenait lourdement.

Les vaches s'arrêtèrent enfin pour brouter les grandes herbes du fossé et se défier, les cornes basses. Grégory, qui s'était approché, les appela. L'une d'elles tourna la tête vers lui, meugla dans sa direction et le miracle se produisit : les vaches lui emboîtèrent le pas, dociles. Valentin resta sans voix, au milieu du chemin, son bâton levé.

— Ma damnation ! dit-il au bout d'un moment entre ses dents. Il a le don !

Il n'en revenait pas ! Grégory avait hérité ce don du vieux Gustave qui en était si fier. La faculté de certains de se faire obéir des animaux par les simples intonations de leur voix avait toujours beaucoup impressionné Valentin qui n'avait jamais su s'y prendre avec ses vaches et ses chiens. Il ne cessait de crier, de rouspéter, de menacer avec son énorme bâton, et les bêtes n'en faisaient qu'à leur tête.

Quand le troupeau fut enfin enfermé dans le

pré, ils revinrent à la maison. La soupière fumait sur la table. Une odeur de tarte embaumait. Pierrette aimait manger et cuisinait avec application. Elle passait ses matinées à préparer le repas de midi. Au début, Grégory s'était étonné de tout ce temps perdu, lui qui, chez sa mère, se contentait d'un œuf dur et de frites achetées au coin de la rue. À la Neuville, les jours ne passaient pas comme ailleurs. Immuables, ils laissaient aux gens le temps de se consacrer au superflu qui agrémentait le quotidien.

Valentin mangeait en silence, la tête baissée. Denis avait-il aussi le don ? « Quand le fils de Lise a pris la propriété du Mas, pensait-il, s'il avait eu le don, il s'en serait tiré ! » Et le doute, ce curieux mélange de contradictions qui ne s'arrêtent sur rien, grossissait en lui, le rongeait et le laissait sans force. « La tête qu'il a fait quand je lui ai dit que j'étais son père ! Qu'est-ce que je m'embête, à mon âge, à aller chercher ces vieilles histoires ! » Il savait pourtant que cette manière de justifier sa lâcheté n'empêcherait pas les remords de continuer à le tarauder, de brûler ses dernières forces.

À la fin du repas, Grégory, qui redoutait une visite de ses copains de Brive, passa dans sa chambre et s'aspergea du parfum pris dans la salle de bains. Pierrette s'était aperçue du larcin, mais n'en avait rien dit : elle soupçonnait le garçon d'avoir un rendez-vous avec la petite Marie Lombet et trouvait cela très bien. La petite Marie était une fille bien élevée qui ne pouvait que l'influencer dans le bon sens !

Ainsi, lorsqu'il sortit tout guilleret, Pierrette se contenta de sourire.

— On va te sentir jusqu'à Brive !

Il partit en courant, Miro sur ses talons. La campagne vibrait sous un soleil ardent. De la terre humide montait une forte odeur de moisissures, de vie qui renaissait en abondance. Valentin, à la porte de son atelier, vit passer le jeune homme : « Ma parole, mais où il va, si pressé ? » Curieux, il le suivit et, pour ne pas se montrer, emprunta le sentier discret dans la châtaigneraie.

Au pont, Grégory s'arrêta, regarda un instant la large rivière pleine de lumière. Le bruit d'un moteur intrigua Valentin qui s'était dissimulé derrière une rangée de chênes. Une mobylette arriva, conduite par une jeune fille qui posa son énorme casque, secoua ses cheveux libres. Valentin n'en revenait pas.

— Bonjour, mon beau cousin ! dit Stéphanie en sautant de son véhicule.

Grégory ne s'habituerait jamais à être « le beau cousin ». Stéphanie se blottit contre lui et l'embrassa sur les lèvres. Valentin n'en croyait pas ses yeux. Le chien, qui l'avait flairé, vint tourner autour de lui, mais les adolescents étaient trop occupés pour s'en apercevoir. « C'est qu'ils sont beaux, tous les deux ! pensa le vieux. Elle, blonde comme les blés de juillet, lui, d'une couleur de tabac. Ouais, ils sont beaux, comme on était beaux, la Lise et moi, quand on avait vingt ans ! »

— Mais quel parfum tu utilises ? demanda tout à coup Stéphanie en se détachant du jeune homme. C'est vraiment horrible ! Je t'arrangerai ça demain !

— Parce que, demain, tu reviens ?

— Oui. J'ai enfin obtenu de mes parents de ne pas les accompagner chez leurs amis, les Chastang, qui m'ennuient par-dessus tout. Je suis censée aller réviser mon bac chez Marine !

Ils s'assirent sur le parapet du pont en se donnant la main. Entre eux, le silence n'avait pas la légèreté habituelle. Stéphanie était contractée, comme gênée.

— On parle beaucoup de toi et de tes copains ! dit-elle enfin. Faudrait pas que tu fasses des bêtises, parce qu'on ne pourrait plus se voir !

— Des bêtises ! Quelles bêtises ? C'est parce que nous sommes noirs que les gens parlent autant, et en mal !

Stéphanie eut un petit rire moqueur.

— Moi, ça me plaît bien ! Si tu avais été blanc, je t'aurais peut-être pas remarqué au milieu des autres. Et puis, je te fais confiance. Je te trouve très intelligent.

— Le grand-père Valentin ne m'aime pas ! Et je suis sûr que c'est à cause de ma peau noire ! Pourtant...

— Quoi ?

— Moi, je l'aime bien. Il a beau être ce qu'il est, c'est comme ça ! Quand je le vois peiner à faire son travail, je cours pour l'aider ! Oui, je suis malheureux pour lui parce qu'il est vieux et malade !

Valentin avait entendu et s'éloigna sans voir le couple de palombes qui s'envola devant lui. Toutes les douleurs de son vieux corps se réveillaient. L'estomac retourné, il avait envie de vomir toute la lie qui occupait son corps. L'aveu de Grégory le brûlait. « Il m'aime bien ! Ma damnation, il a dit qu'il m'aimait bien ! »

C'était trop lourd à porter pour ses pauvres jambes. Il s'assit sur une souche couverte de mousse et resta là longtemps...

Les motos revinrent quelques jours plus tard. Grégory était en train de nettoyer un vieux vélo qui avait appartenu, autrefois, à Alain : Pierrette lui avait donné la permission de le remettre en état pour aller au collège.

Quand Franck proposa à Grégory d'aller faire un tour, le jeune homme pensa à la mise en garde de Stéphanie et refusa :

— J'ai pas le temps. Je dois réparer mon vélo !

— Comme tu veux ! On t'avait promis ta part pour la maison en contrebas du village, dit Antoine. On va te la donner !

— La maison sur la route de Saint-Germain ? s'étonna Grégory. Les volets sont toujours fermés !

— On est discrets, on t'a dit. Personne ne s'aperçoit de rien avant le retour des propriétaires. C'est ce qui fait notre force !

— Je ne veux rien. Je suis honnête, moi !

— Tu es honnête ? Alors, c'est grave ! Tu seras toujours le dernier !

— Je veux plus jamais vous voir !

— À ta guise, petit frère de couleur. Mais

attention à ce que tu raconteras sur nous, sinon on sera obligés de te faire une dernière visite... Enfin, tu comprends, pas très agréable !

Les motos repartirent et Pierrette poussa un soupir de soulagement. Grégory n'était pas un mauvais garçon, mais elle redoutait qu'il se trouvât mêlé, malgré lui, à de sales histoires. Sa mère, non plus, n'était pas une mauvaise fille, mais elle ne savait pas dire non et cela avait causé sa perte !

La grand-mère oublia vite l'incident car elle devait réunir ses enfants le dimanche suivant, ce qui n'était pas arrivé une seule fois depuis le mariage de Joséphine. Valentin était à l'origine de cette initiative :

— Tu téléphoneras à Alain et Joséphine pour qu'ils montent manger dimanche prochain. J'ai à leur parler.

Comme Pierrette le regardait avec curiosité, il avait ajouté :

— Oui, on n'est pas éternel. Et puis avec mes étourdissements, je sais pas de quoi demain sera fait. Il va bien falloir partager le bien !

Les jours qui précédèrent l'événement, Pierrette pensa à son menu, aux tartes qu'elle devait commander chez le boulanger-pâtissier, et aux verres à pied qu'elle allait acheter à Brive car, pour une telle occasion, il n'était pas question d'utiliser des verres ordinaires. Elle achèterait aussi une bouteille de champagne. Elle inscrivit sur un morceau de papier la liste de ses courses en se disant qu'elle était capable d'en oublier la moitié.

Elle appela en premier Joséphine, la plus facile

à convaincre. La jeune femme se dit très fatiguée, mais avec les beaux jours, elle espérait que tout irait mieux.

— Le docteur dit que je fais de la dépression ! Que c'est le contrecoup du malheur ! précisa Joséphine. Alors, tout m'ennuie, les filles, Julien... Je deviens invivable !

— Justement, insista Pierrette, ce sera pour toi l'occasion de te changer les idées.

Joséphine promit de venir. Julien devait aller donner un coup de main à un collègue de travail, mais il annulerait.

— Ton père veut parler avec vous de l'arrangement de famille ! conclut Pierrette.

Il ne lui restait plus qu'à convaincre Alain. Celui-là, avec ses grands airs, Pierrette ne le craignait pas !

— Mais tu te rends compte ! s'écria Alain. Tu t'y prends toujours au dernier moment ! On ne peut pas venir dimanche. Nous sommes chez le président du Conseil général qui nous invite dans sa propriété de Bévent.

Pierrette rougit, ses yeux flamboyaient. Elle cria :

— Tu vas pas nous emmerder avec tes histoires de politique ! Ton père veut régler la succession !

— Peut-être, mais ce que tu sembles ignorer, c'est que j'ai des obligations et que je ne peux pas faire n'importe quoi ! rouspéta Alain.

— On n'a que les obligations qu'on veut ! Si c'était un ministre au lieu de ta mère qui t'invitait à manger, tu trouverais le moyen de te libérer. Tu peux très bien remettre ton rendez-vous chez le président du Conseil général !

Alain s'impatientait. Sa mère n'avait donc rien d'autre à faire qu'à inventer des contraintes insupportables ! Ce déjeuner avec son père et sa sœur à la Neuville l'ennuyait au plus haut point. Il n'était plus de leur monde ! S'il avait été courageux, il aurait parlé crûment, aurait dit tout le mal qu'il pensait de son père, mais comment faire de la peine à une Pierrette qui menaçait beaucoup, et restait généreuse, incapable de la moindre méchanceté ?

— Bon, je vais faire un effort ! Je m'excuserai auprès du président ; ça ne va pas arranger mes affaires, mais tant pis, les projets pour la commune attendront !

Il se plaçait en victime du devoir, en homme dévoué à ses administrés qui lui prenaient tout son temps. Ce rôle lui convenait et protégeait sa petite vie, surtout auprès de ceux qui ne l'intéressaient pas parce qu'il n'attendait rien d'eux.

— Écoute, fais au mieux ! conclut Pierrette, déçue. Mais ce serait bien si tu arrivais à déplacer ce rendez-vous et venir manger.

Alain Lesmonnier posa le téléphone en rouspétant.

Deux patients restaient à voir, puis le médecin rentra chez lui. Maryse avait préparé le dîner et Stéphanie, en entendant la voix de son père, descendit de sa chambre. Alain était sombre. Quand Maryse fut assise en face de lui, il annonça :

— Ma mère m'a téléphoné : mon père veut

que nous montions manger dimanche pour parler de la succession.

— Qu'est-ce qui lui prend ? Il se sent malade ? Enfin, dimanche, nous sommes chez les Duffaut !

— Exactement. Je lui ai dit que nous ne pourrions pas monter, que nous ferions un effort pour passer dans l'après-midi.

— Moi, je veux y aller ! s'exclama alors Stéphanie. Les Duffaut sont ennuyeux comme la pluie et vos conversations sur la politique et l'aménagement de la région ne m'intéressent pas !

Alain était surpris d'une telle proposition. Les grands-parents, la tante et Grégory n'étaient-ils pas aussi ennuyeux que les Duffaut ? Il avait senti dans la voix de sa fille comme un ressentiment, une pointe d'agressivité. Depuis quelque temps, Stéphanie n'était plus aussi douce, aussi soumise qu'avant. Elle passait beaucoup de temps dans sa chambre, rendait visite à ses copines le samedi ou le dimanche. Son besoin d'indépendance montrait que l'élève appliquée et sérieuse entrait dans la période difficile de son adolescence au moment où elle avait besoin de toute son attention pour réussir son bac et obtenir la mention indispensable aux ambitions de son père.

— Mais enfin, tu vas entendre parler de gens que tu ne connais pas, tu vas supporter les jérémiades de Joséphine. Franchement, tu serais mieux avec nous chez les Duffaut !

— Justement non ! Je veux aller à la Neuville avec ma mobylette. Ce n'est pas si loin et je fais autant de route quand je vais voir ma marraine à Saint-Libéral.

— Peut-être, mais ce n'est pas pareil ! répondit Alain, qui ne cachait pas son agacement. La route de Saint-Libéral est meilleure que celle de la Neuville. Maintenant, ne me contrarie plus : tu viendras avec nous chez les Duffaut, un point c'est tout !

Maryse, qui n'avait rien dit jusque-là, s'interposa. Elle comprenait les besoins d'émancipation de sa fille. Elle n'avait pas oublié les brimades que son père lui avait fait subir au même âge. Et Alain était en train de recréer les mêmes barrages avec les mêmes arguments, mais les mœurs avaient changé et Maryse connaissait les dangers d'une attitude trop rigide.

— Écoute, Alain, je ne veux pas médire de tes amis les Duffaut, il faut, pourtant, reconnaître qu'ils ne sont pas du tout amusants pour une jeune fille de l'âge de Stéphanie. Laisse-la donc aller à la Neuville si ça lui plaît, ce n'est pas très loin !

Alain regardait couler les larmes sur les joues de sa fille. Pourquoi tenait-elle autant à aller à la Neuville dès le matin ?

— Bon ! dit-il. Puisque vous vous y mettez toutes les deux, je cède. Mais je sais que j'ai raison, nous en reparlerons !

Stéphanie, dans un geste de reconnaissance, essuya ses larmes, se leva de sa chaise et embrassa son père. Ce geste aussi était exagéré, inhabituel chez l'adolescente, plutôt réservée. Maryse en était consciente à son tour et se dit qu'elle devait avoir une conversation sérieuse avec sa fille.

Le samedi après-midi, pour gagner du temps, Pierrette mit le couvert dans la salle à manger. Un caveau ! Pierrette, respectueuse des lieux et des événements, n'utilisait cette pièce meublée d'une longue table et de chaises vernies sagement rangées que pour les grandes réunions de famille, ce qui leur conférait une solennité froide et impersonnelle. Sur le buffet se trouvaient toujours les mêmes photos : Alain, Joséphine et Nathalie enfants. Au mur étaient accrochés le fusil du grand-père, Gustave, et, dans un cadre, sa photo avec ses médailles militaires. Maintenues dans l'obscurité des volets toujours fermés, les tapisseries avaient gardé la fraîcheur de leurs couleurs malgré les années, mais les motifs trop longtemps vus s'unissaient au fusil, aux médailles, à la photo du grand-père pour distiller un ennui obsédant. La seule nouveauté résidait dans le téléviseur sur sa table aux pieds métalliques montés sur des roulettes et recouvert d'une housse en tissu.

Dimanche, Pierrette se leva de bonne heure. Elle n'avait pas beaucoup dormi car elle savait bien que les arrangements de famille étaient l'occasion de déballer ce dont on ne parlait pas d'ordinaire et de se disputer entre frères et sœurs. Elle redoutait une empoignade entre Valentin et Alain. Et puis, il y avait Grégory à qui revenait la part de sa mère...

Depuis qu'il était levé, le jeune homme tournait en rond, regardait constamment sa montre comme s'il attendait quelqu'un. Vers dix heures, Pierrette lui demanda de l'accompagner chez le boulanger. Elle portait une robe marron qui moulait ses larges hanches. Son chemisier blanc égayait sa forte silhouette. Elle était de plus en plus nerveuse à mesure que les heures passaient.

Vers onze heures, une mobylette arriva, conduite par une jeune personne méconnaissable dans son blouson en cuir et sous son énorme casque.

— Tiens, Stéphanie ! dit Pierrette en souriant. Voilà que tu viens sans tes parents ?

— Ils vont arriver. Moi je préfère ma mobylette, je suis plus libre !

Tout en parlant, elle n'avait pas quitté Grégory des yeux. Elle embrassa sa grand-mère, puis rejoignit le jeune homme.

— On va faire un tour ?

Ils s'éloignèrent dans le chemin de la rivière. Une voiture vint se garer sous le tilleul. Joséphine et Julien en descendirent, puis leurs deux fillettes, Aurélie et Paule.

Alain et Maryse arrivèrent enfin dans leur grosse cylindrée. Maryse, qui portait négligemment un tailleur de marque, jouait la femme simple et embrassa tout le monde avec effusion. Elle proposa à Pierrette de lui donner un coup de main. Alain salua Julien et commença à s'ennuyer.

Valentin s'était changé pour l'occasion. Il portait un gros pantalon de velours bleu retenu par de larges bretelles claires, une veste sombre et sa casquette à carreaux. Sa silhouette, au lieu d'en être allégée, s'en trouvait épaissie. Pierrette le surveillait du coin de l'œil : une grosse boule d'angoisse l'oppressait, car elle redoutait ce qu'il allait dire. Aussi prenait-elle les devants et, quand elle entendit Alain parler à son père de retraite, elle s'écria :

— Vous parlerez de tout ça après manger. Maintenant, tout le monde à table !

Elle pria Joséphine de faire asseoir ses filles et alla chercher le champagne. Maryse s'étonna de l'absence de Stéphanie et de Grégory.

— Ils sont partis se promener ! précisa Pierrette.

Les adolescents arrivèrent quelques instants plus tard. Alain remarqua les joues rouges de sa fille, son air radieux et les regards coulés qu'elle glissait à Grégory. Il comprenait, mais pour l'instant, se contentait de serrer les lèvres. Il servit le champagne. On trinqua. Tout le monde pensa à Nathalie et Joséphine se moucha. Pierrette oublia d'essuyer deux larmes qui s'étaient formées au coin de ses yeux. Elle sourit pourtant et relançait continuellement la conversation afin d'éviter que le sujet important fût abordé trop tôt. Alain parlait tantôt en médecin et en élu local, tantôt en candidat aux prochaines élections départementales, mais jamais en frère ou en fils. Grégory se taisait et cachait mal son malaise. Il avait le sentiment de ne pas être à sa place, de s'imposer dans une famille où personne n'avait besoin de lui. Stéphanie comprit son regard sombre et lui prit la main sous la table, la serra très fort pour qu'il sache qu'elle était avec lui.

— Alain, dépêche-toi d'ouvrir les bouteilles de vin ! dit Pierrette en allant chercher les traditionnelles bouchées à la reine.

Malgré ses efforts, le repas fut morose. Valentin buvait beaucoup. Pierrette avait beau éloigner de lui la bouteille de vin, il la réclamait. Une fois de plus, il était au pied du mur, en proie à cette contradiction que l'arrivée de Grégory avait semée en lui et qui grossissait de jour en jour, mais il savait qu'il ne reculerait pas. « Quoi que je fasse, je le regretterai, mais je ferai ce que je dois faire ! »

À la fin du repas, quand Pierrette apporta la grosse tarte commandée au boulanger-pâtissier et le restant de champagne, Alain regarda sa montre avec insistance. Il était pressé, mais n'allait quand même pas s'en aller sans avoir parlé de la succession. Il se tourna vers son père :

— Tu nous as fait venir pour une raison bien précise, l'arrangement entre Joséphine et moi. Il faut maintenant que tu précises ta pensée.

— Et Grégory ? s'exclama Joséphine. Il a les droits de sa mère.

— Soit ! poursuivit Alain. Comment les choses vont-elles se passer ?

Pierrette débarrassa la table et alla préparer le café dans la cuisine.

— Je propose, poursuivit Joséphine qui n'écoutait que son bon cœur et l'affection vraie qu'elle avait pour sa sœur, que Grégory, qui se retrouve seul et aime la terre, hérite de la propriété. Alain et moi, on se contentera du reste !

Valentin fronça les sourcils. Alain eut un mouvement des épaules. Sa sœur serait toujours aussi stupide ! Pourtant, il dit :

— C'est très généreux de ta part !

Valentin, un moment décontenancé par cette proposition, inspira profondément et dit :

— Ça serait une bonne idée, pourtant...

Il se tut de nouveau en secouant négativement la tête. Le visage de Joséphine devint écarlate. Elle regardait son père et son frère avec une expression de dégoût.

— Oui j'ai compris ! explosa-t-elle. Vous êtes tous aussi butés ! Vous ne le dites pas, mais vous ne voulez pas de Grégory parce qu'il est noir ! Voilà la vérité !

Alors Grégory poussa son assiette, se leva brutalement, renversant sa chaise. Il sortit précipitamment, la main devant la bouche, comme s'il avait envie de vomir. Pierrette voulut le retenir :

— Mon petit ! Mon pauvre petit !

Il l'évita et courut dehors. Stéphanie, qui n'avait pas bronché jusque-là, se leva à son tour et cria :

— Grégory ! Attends-moi !

Alain se leva. Valentin lui fit signe de rester à sa place.

— J'ai pas fini de parler. C'est vrai que j'ai pas

été toujours bien droit. Aussi, la Neuville reviendra au fils de la Lise !

Alain blêmit, puis se dressa face à son père :

— Et tu oserais ! Tu oserais après tout le mal que tu nous as fait, à nous et surtout à notre mère quand tu partais le soir voir cette traînée, donner la Neuville à ce moins-que-rien ! Jamais, tu entends !

Maryse qui, comme Julien, ne participait pas à la discussion, posa la main sur le bras de son mari :

— Alain, je t'en prie, reste calme !

— Non, je ne reste pas calme ! cria Alain, puis se tournant de nouveau vers son père, il ajouta : Ne crois pas que j'ai oublié ! Je n'oublierai jamais et ma sœur qui était petite se souvient aussi des sanglots de notre mère, seule dans sa chambre !

— Alain, tu vas arrêter de parler comme ça à ton père ! cria Pierrette de la cuisine où elle avait commencé la vaisselle.

— J'ai pas de père ! hurla Alain.

Valentin baissait la tête, vaincu. Alain avait raison, et il ne pouvait détacher ses pensées de Grégory se levant brutalement, la main devant la bouche.

— Tu me dégoûtes ! cria encore Alain qui prit le bras de Maryse et sortit. Où est Stéphanie ? On s'en va !

Pierrette l'arrêta :

— Je t'en prie, Alain, tout ça c'est du passé. On n'y pense plus !

— Si, on y pense, surtout quand il veut donner la Neuville à son bâtard !

Dehors, une lumière crue l'éblouit. Les poules

caquetaient sur leurs nids, Miro, insensible aux colères humaines, était allongé à l'ombre d'un noyer. Alain fit le tour de la maison et découvrit Grégory et Stéphanie enlacés qui s'embrassaient à pleine bouche.

— Stéphanie !

La jeune fille se sépara vivement de son compagnon et se tourna. Ses joues rouges, son regard brillant révoltaient Alain qui cria encore :

— On rentre à la maison !

— Qu'est-ce qui se passe ? demanda la jeune fille.

— Il se passe que nous partons. Je t'expliquerai à la maison.

Stéphanie n'insista pas. Elle murmura quelque chose à l'oreille de Grégory et l'embrassa sur les joues, mais d'une manière appuyée, caressante, qui n'échappa pas à son père. Puis, se dirigeant vers sa mobylette, elle passa à côté de lui et demanda :

— Mais qu'est-ce qui te prend ?

— Il me prend que nous avons besoin d'avoir une conversation sérieuse, tous les deux !

— J'ai compris ! fit la jeune fille en se tournant vers Grégory. Et là, mon petit papa, tu ne vas pas être déçu !

Alain s'approcha de Grégory, les poings serrés, menaçant :

— Si je te revois avec ma fille, je te promets qu'il t'en cuira !

Il se dirigea d'un pas ferme vers sa voiture où Maryse l'attendait. Stéphanie prit son casque et partit sur sa mobylette

Joséphine et Julien ne s'attardèrent pas. Joséphine proposa à sa mère de lui donner un coup de main pour la vaisselle, Pierrette lui répondit que ce n'était pas la peine, qu'elle avait tout son temps et que ça l'occuperait. Enfin, quand la maison fut vide, la vieille femme se laissa tomber sur une chaise et se mit à pleurer. Valentin, qui n'avait pas bougé de sa place, près de la table vide, entendait les sanglots et les ressentait comme autant de reproches. Alors, il se leva et sortit. Le beau soleil, un petit vent tiède ne lui rappelèrent pas que la saison des foins approchait. Il n'entendit pas, non plus, meugler une vache qui réclamait sa ration de foin.

Grégory, qui n'avait pas bougé de l'endroit où il était avec Stéphanie, le vit marcher en traînant les pieds, la casquette sur les yeux. L'adolescent pensait à la menace de son oncle, mais ne pouvait pas se résoudre à renoncer à Stéphanie. Cette perspective le révoltait, le plongeait dans une sombre colère contre Alain. « Je le déteste ! » pensait-il en serrant les dents.

Valentin s'approcha de lui, puis s'arrêta à côté de la porte de sa grange. Grégory était devant lui, plus grand. Le soleil éclairait son beau visage d'adolescent, mettait de la lumière dans ses yeux noirs.

— On est bien malheureux ! dit enfin Valentin en entrant dans la grange.

Il en ressortit presque aussitôt, en poussant sa mobylette.

— Où tu vas, grand-père Valentin ?

Valentin leva une nouvelle fois les yeux sur

Grégory et le regarda comme il ne l'avait jamais fait.

— C'est l'heure de donner du foin aux vaches ! poursuivit le jeune homme. Tu veux que je le fasse ?

Valentin souleva lourdement son pied droit et le passa par-dessus le pédalier de la mobylette.

— C'est ça ! Pour une fois, elles se passeront du pré. Va leur donner du foin !

Il partit. Miro, qui avait assisté à la scène, regardait Grégory, la tête penchée, les yeux ronds de curiosité. Le jeune homme distribua une ration de foin aux animaux et revint à la maison. Pierrette lavait les assiettes. Grégory prit un torchon et se mit à les essuyer.

— Il est parti ? demanda-t-elle d'une voix rauque, pleine d'angoisse.

Grégory acquiesça de la tête. La grosse main rouge de Pierrette plongeait dans l'eau tiède de la bassine et en ressortait des couverts qu'elle nettoyait avec l'éponge.

— Ton grand-père n'est pas un mauvais homme ! Mais Alain a le même caractère que lui, alors, bien sûr, ça peut pas marcher !

Elle se tut un moment, puis ajouta :

— Je sais où il est allé, mais avec ce qu'il a bu, faudrait pas qu'il ait un étourdissement...

La nuit tombait ; Pierrette, après s'être occupée de sa basse-cour, resta longtemps au bord de la route, en regardant au loin, écoutant les bruits des moteurs. L'ombre effaçait les noyers et Valentin n'était toujours pas revenu.

— On va aller aux étables ! dit-elle à Grégory.

L'absence de Valentin dans ce lieu où il régnait sans partage transformait l'endroit et donnait aux moindres gestes une importance, une solennité que Grégory ressentait en détachant les veaux qui, au lieu de gambader comme ils le faisaient d'habitude, s'en allèrent lentement jusqu'à leur mère.

Quand Pierrette et Grégory revinrent à la maison, la lune s'était levée. Une lumière jaune pleuvait sur les collines. Le silence de la tour Maronne était oppressant.

Pour le dîner, Grégory se contenta des restes du midi. Pierrette avala un peu de bouillon et alla ranger son assiette dans l'évier.

— Maintenant, il ne rentrera pas ! dit-elle. Il n'a pas de lumière sur sa mobylette.

Elle poussa un gros soupir.

— Il est peut-être au bistrot à Saint-Germain, dit Grégory. Je peux aller le chercher...

— Non, il n'est pas au bistrot. C'est pas dans ses habitudes. Il est parti chez son frère à Aubazine, son frère Louis qui a deux ans de moins que lui. Je me souviens maintenant que Louis lui a demandé un coup de main pour réparer son hangar ! Il y sera allé, ils ont travaillé tard et comme il n'a pas de lumière sur sa mobylette, il y sera resté pour la nuit ! Il reviendra demain matin.

Elle sembla rassurée pendant un court instant, sourit, puis son visage s'assombrit de nouveau.

— On va regarder la télévision ! ajouta-t-elle. Ça nous changera les idées !

Le lendemain, Grégory, qui avait peu dormi, se leva très tôt. Le jour blanchissait l'horizon, mais le hameau restait plongé dans la nuit. Pierrette, qui ne s'était pas couchée, s'étonna :

— Qu'est-ce qui te prend ? Toi qui d'habitude n'arrives pas à te sortir du lit...

— Je vais m'occuper des bêtes.

Il sortit. Le vent agaçait la tour Maronne qui grondait. Les coqs chantaient, des oiseaux piaillaient dans le tilleul. Grégory alla d'abord rendre visite aux vaches qu'il devait conduire au pré. Pierrette remarqua qu'il serait en retard au collège.

— Pour ce que j'y fais...

Elle n'insista pas, car elle n'avait pas envie de rester seule. L'absence de Valentin la plongeait dans un désarroi profond. Si, au lieu d'aller chez son frère, il avait rejoint Lise ? Malgré le passé, Pierrette ne pouvait pas vivre loin de Valentin.

Après avoir enfermé le troupeau dans le pré au bord de la Vézère, le jeune homme nettoya l'étable. L'absence de Valentin lui donnait ainsi la liberté de prendre sa place, et cela lui convenait.

Un bruit de moteur le fit sortir devant la porte. Il vit Valentin, la casquette sur les yeux, qui rangeait sa mobylette dans la grange. Un sourire éclairait le visage de Pierrette. Quand le vieil homme passa à côté d'elle, toujours sombre, elle lui dit :

— Tu as bien fait d'attendre le jour pour revenir ! En pleine nuit, c'était pas prudent.

Elle ne pensait plus aux heures d'angoisse passées à guetter le moindre bruit de moteur, à imaginer Valentin chez Lise, un Valentin décidé à ne plus jamais porter les pieds à la Neuville. Tout cela était oublié puisqu'il était là, puisqu'il rentrait à la maison, passait dans la chambre pour se changer. Et Pierrette avait besoin d'entendre le son de sa voix, de lui parler.

— Louis va bien ?

Il fit oui de la tête et sortit. Il avait, en effet, rendu visite à son frère. Au moment de régler la succession de la Neuville, à la mort du père Gustave, Valentin et Louis s'étaient brouillés comme cela se fait généralement en pareille occasion. Louis s'estimait lésé et Valentin considérait que « le quart en plus » qui lui revenait puisqu'il avait la charge de ses parents avait été sous-estimé. Ils restèrent quinze ans sans se parler, puis Louis, prématurément veuf, tenta de se rapprocher de son frère aîné. Leur goût commun pour le bois permit une réconciliation que Pierrette croyait impossible. Depuis, ils se voyaient tous les ans à la

Toussaint, à l'occasion de la visite des cimetières. Ils vidaient quelques bouteilles de vin, se disputaient encore un peu pour des sujets futiles et se réconciliaient en allant admirer les beaux noyers de la Neuville.

La veille, Louis s'était étonné de la visite de Valentin, mais elle lui avait fait plaisir. Les deux hommes s'attablèrent devant une bouteille de vin et se mirent à parler. Louis était la seule personne à qui Valentin pouvait dévoiler le fond de sa pensée. Il raconta ce qui s'était passé au repas de famille.

— J'ai mal partout quand je pense à tout ça ! dit Valentin après quelques verres. Se faire traiter de tout parce qu'on veut arranger les choses...

— T'en fais bien des manières ! s'était écrié Louis. Tu te plains, et tu as tout pour être heureux ! Qu'est-ce que je devrais dire, moi ? Regarde cette maison... J'y suis seul tout le temps. Depuis la mort de ma pauvre Léontine, je tourne en rond !

— Les remords, Louis, tu sais pas ce que c'est ! Ça te ronge l'estomac et le foie, ça te brûle le ventre le jour et la nuit ! Et puis, il y a le fils de la Nathalie...

— Et alors ? C'est un bien beau garçon qui a l'air tout à fait comme il faut ! Je l'ai vu le jour de l'enterrement de cette pauvre fille. Il me faisait pitié !

Valentin soupira en regardant son verre.

— Si tu savais comme ça me tracasse... J'en dors plus les nuits ! Il sait travailler et il manque pas de courage ! Ah ! lui et moi, si ça avait pu...

— Et pourquoi que ça se pourrait pas puisque c'est ton petit-fils ?

— Parce que la Neuville revient à un autre ! Au fils de la Lise !

— Tout ça, c'est du passé ! Il t'a rien demandé, le fils de la Lise, et même peut-être que c'est pas le tien ! Alors, tu fais bien des histoires pour pas grand-chose !

— Mais je peux pas faire autrement ! s'exclama Valentin. Tu comprends, ça fait tellement d'années que j'y pense tous les jours, que je tourne ça dans ma tête, comme une pierre mal taillée qui me mord la cervelle !

— Moi, je ferais pas tant de manières ! Le fils de la Nathalie a plus de droits que l'autre que tu n'as pas reconnu !

À bout d'arguments, Valentin, baissant la voix comme s'il disait quelque chose de honteux, souffla :

— Enfin, Louis, c'est quand même un Noir !

— Un Noir ? s'étonna Louis à qui le vin donnait de la voix. Il n'est pas si noir que ça ! Il a la couleur de... Comment te dire ? Tu sais, les tourtes de pain quand on les cuisait dans le four chauffé avec des fagots de genêts. Oui, il a la couleur du bon pain qu'on mangeait autrefois !

Valentin fit la grimace :

— Me parle pas comme ça, Louis, tu me fais de la malice !

L'occasion de se chamailler était bonne. Ils passèrent une partie de la soirée à se disputer, à déballer leurs vieilles querelles, quand Valentin chancela sur sa chaise. Le tonnerre grondait dans sa tête, puis la nuit se fit autour de lui. Il se réveilla assis par terre, Louis lui tapotait la joue avec un linge mouillé.

— Qu'est-ce que tu m'as fait peur !

— C'est rien, dit Valentin. Ça me prend de temps en temps, mais si c'était bien grave, je serais mort depuis longtemps !

Ce matin, il pensait, en se rendant à l'étable, au sourire de Pierrette quand elle l'avait vu arriver. Ce sourire, qui trahissait la joie de la vieille femme, ne faisait qu'aggraver la chape de plomb qui l'écrasait. Grégory sortait le fumier de l'étable avec la brouette et Valentin pensa au pain d'autrefois dont lui avait parlé Louis. Il constata, une fois de plus, que le jeune homme n'avait pas eu besoin de leçons, pour apprendre à se servir d'une fourche et que l'étable était aussi bien nettoyée que lorsqu'il le faisait lui-même. Avec ce gamin, sa terre, son troupeau seraient en de meilleures mains qu'avec Denis qui avait démontré son incapacité à travailler dans une ferme !

Il repoussa cette pensée, inspecta les veaux, remarqua la paille fraîche écartée à leurs pieds.

— Tu as mis les vaches dans le pré au bord de la Vézère ?

— Oui, répondit Grégory. Mais l'herbe n'y est pas bien grande, il faudra les mettre ailleurs !

« Il voit tout ! pensa Valentin. Pour un gars de la ville, c'est un débrouillard ! »

— Tu sais, grand-père Valentin, on s'est fait

beaucoup de soucis pour toi, parce que tu n'as pas de lumière à ta mobylette !

— Qu'est-ce que tu racontes, là ?

— La grand-mère ne s'est pas couchée de la nuit !

— Bah ! elle savait bien que j'étais pas perdu !

Valentin passa dans la grange et regarda un moment ses morceaux de bois. Quand retrouverait-il le goût de sculpter ses statues ? Grégory le rejoignit.

— Grand-père Valentin, dit alors le jeune homme, faut pas t'en faire : je ne veux rien de la Neuville. Je sais bien que la terre des Lesmonnier n'est pas pour moi...

— Qu'est-ce que tu racontes, là ?

Et Valentin s'éloigna en direction de la vallée, pour ne pas montrer l'émotion qui embrumait ses yeux.

Pendant tout le voyage de retour, Alain ne desserra pas les dents. Maryse tentait de ramener l'événement à sa juste importance, le docteur Lesmonnier ne voulait rien entendre. Il conduisait avec brutalité, suivant de très près la mobylette de Stéphanie. Ils arrivèrent enfin à la maison. Stéphanie posa son casque et entra sans un mot devant son père, raide et déterminée. Elle jeta son sac sur un fauteuil dans un geste vif et s'apprêta à faire face. La petite fille modèle, l'élève appliquée se découvrait une nature frondeuse.

Alain tournait en rond, la tête baissée et cherchait ses mots. Maryse s'était assise en retrait et attendait la première charge. Elle n'était pas aussi catégorique que son époux, mais comprenait qu'il fallait mettre Stéphanie en garde.

— Stéphanie, commença Alain d'une voix calme qui se voulait posée, jusque-là, nous n'avons eu que des compliments à te faire. Tu es bien trop intelligente pour ne pas comprendre ce que je vais te dire. Ton aventure, ton flirt avec ton cousin est une erreur. Si près de ton bac, tu dois y mettre fin immédiatement !

— Une erreur ? s'exclama Stéphanie d'une voix aigre. Parce que c'est mon cousin ou parce qu'il est noir ?

— Ce n'est pas la question ! Tu dois travailler, l'urgence est là !

— L'urgence ? J'ai une année d'avance. Et puis, je continuerai de voir Grégory que cela te plaise ou pas !

— Stéphanie ! cria Maryse en se dressant. Tu te rends compte de la manière dont tu parles à ton père ?

— Une chose est sûre, précisa Alain. Je t'interdis d'avoir le moindre contact avec ce garçon qui a vu en toi la proie offerte et ne peut te conduire que vers la dégringolade. Puisque tu m'y pousses, je suis bien obligé de prendre une mesure aussi radicale. C'est pour ton bien !

Stéphanie s'enfuit dans sa chambre en claquant la porte. Après un instant de silence lourd, Alain constata :

— Jamais, jusque-là, notre fille ne se serait comportée de la sorte ! Tu comprends que l'influence de ce jeune homme est extrêmement fâcheuse !

— Peut-être as-tu été un peu brutal, un peu trop catégorique. Il aurait fallu lui expliquer avec plus de douceur. Je lui parlerai.

— Il faut éloigner ce garçon au plus vite. Stéphanie doit travailler à son examen.

Maryse réfléchit un instant. Elle pensait à son

premier amour, alors qu'elle avait l'âge de Stéphanie, un apprenti carreleur ! Son père s'était mis en colère, l'avait beaucoup menacée, puis s'était résigné quand il avait connu le garçon, qu'il trouva très vite à son goût et d'une intelligence largement supérieure à celle de beaucoup de rejetons dorés. Ce fut lui qui fut déçu lorsque Maryse lui annonça qu'ils avaient rompu.

— Tu sais, il ne faut pas dramatiser ! poursuivit-elle. Ce n'est qu'une première expérience, cela ne va généralement pas très loin. À leur âge, les personnalités évoluent beaucoup et changent vite de centre d'intérêt.

— Je veux bien, Maryse, mais quand même, il n'est pas comme tout le monde !

Maryse regarda son mari, un pli dédaigneux au coin des lèvres. Il était toujours debout entre la table et le piano — ce piano qu'il avait imposé à Stéphanie parce qu'il n'avait pas eu la chance d'apprendre la musique, lui ! Malgré une surveillance constante, une élocution servie par son intelligence vive, Alain restait un paysan par ses gestes, par la manière de bouger ses mains. La terre de ses ancêtres collait encore à sa silhouette et il en était sali. Que sa fille fréquente un Noir augmentait en lui la sensation de ne pas être exactement à sa place. « La classe ne s'achète pas, pensa Maryse, toujours les yeux rivés sur son mari qui réfléchissait. C'est comme le talent, on en a ou on en est dépourvu. La culture ou l'ignorance ne changent rien à la chose ! » Il lui arrivait de le détester car elle comprenait que son mariage avec lui avait été aussi un acte de rébellion contre son milieu.

— Grégory serait un blond aux yeux bleus, tu en rirais !

— Mais enfin, Maryse, tu sais combien ces adolescents de couleur sont précoces. Et puis celui-là a des antécédents fâcheux ! Il ne faudrait pas que...

— Tu es médecin, donne la pilule à ta fille !

Alain toussa, s'étrangla, se moucha enfin. Ce qu'il venait d'entendre était monstrueux. Donner la pilule à sa fille de seize ans, accepter qu'elle ait des relations sexuelles avec son cousin était impensable ! Stéphanie était encore à lui ; le jour où elle coucherait avec un homme, elle lui échapperait, mais le moment n'était pas encore venu.

— La pilule, mais tu te rends compte de ce que tu dis ?

— Et alors ? De nombreuses filles de son âge prennent la pilule. C'est comme ça et c'est sûrement très bien !

— Mais enfin, Maryse, l'acte d'amour, c'est quelque chose de grave, qui doit être basé sur des sentiments vrais, sur une liaison durable...

Maryse préféra ne pas insister. Elle soupçonnait Alain de ne pas lui être d'une fidélité absolue et d'avoir eu des aventures lors de congrès médicaux. Curieusement, ces passades ne la rendaient pas jalouse, mais elle ne supportait pas de l'entendre jouer l'apôtre de la vertu. Jusqu'où était-il allé avec sa secrétaire ? Ce sujet tabou, générateur de disputes, la poussait à beaucoup de clémence pour Stéphanie.

Dans sa chambre, la jeune fille s'était laissée tomber sur son lit et sanglotait. Ne plus voir Grégory lui était impossible. En quelques semaines, il avait pris toute la place et elle ne vivait chaque instant que pour penser à lui, rêver de lui. Elle était amoureuse pour la première fois et c'était un éblouissement continuel.

— Tu comprends, dit-elle à la poupée de chiffon informe posée sur son oreiller et qui l'accompagnait depuis le berceau, papa lui en veut d'être noir. Eh bien, justement, moi je le trouve très beau et je voudrais être noire comme lui ! D'ailleurs, il n'est pas noir, il a une belle couleur de chocolat au lait ! On est cousins, c'est vrai, on porte le même nom, mais ça ne se voit pas. Et puis qu'est-ce que ça peut faire ? Le pharaon épousait bien sa sœur !

Elle enfouit sa tête dans l'oreiller, resta un long moment sans respirer, comme si elle voulait mourir, puis se dressa, les yeux rouges.

— Il veut la guerre ? Il va l'avoir. Il me prend toujours pour une petite fille obéissante, mais je suis une jeune fille maintenant, il faudra qu'il s'habitue !

Elle se dirigea vers la petite salle de bains contiguë à sa chambre et se regarda longuement dans la glace. Depuis longtemps, l'affrontement avec son père couvait. Le carcan qu'il faisait peser sur elle était de plus en plus difficile à supporter.

Stéphanie comprenait la nécessité de bien travailler à l'école puisque c'était son avenir qu'elle préparait, mais elle voulait avoir sa vie à elle, son jardin secret.

— De toute manière, j'aime Grégory ! dit-elle encore à haute voix. Personne n'y peut rien, c'est la fatalité ! Alors, il faut que je trouve le moyen de le voir en cachette.

Une fois sa crise de larmes passée, la colère de son père ne lui déplaisait pas. Sa jeunesse éprouvait le besoin de sentiments excessifs, exaltés par une opposition farouche. Elle y puisait une force, une détermination que rien n'arrêterait.

Elle devait garder la tête froide et ne pas commettre d'imprudence. Il fallait d'abord avertir Grégory, le rassurer et mettre au point un plan d'action. La jeune fille alla à son bureau, prit du papier à lettres, s'allongea de nouveau sur son lit et se mit à écrire des mots de feu.

La porte s'ouvrit brusquement. Stéphanie eut la présence d'esprit de cacher le papier et le stylo sous la couverture. Elle se composa une mine défaite.

— Qu'est-ce que tu fais ? demanda Alain d'une voix pleine de soupçons.

— Je pleure à cause de toi.

— Plus tard, tu me remercieras !

— Sûrement pas !

Joséphine avait été outrée par le comportement d'Alain. Plus généreuse, sûrement plus apte à comprendre les tréfonds de l'âme humaine, la jeune femme avait, certes, vécu comme son grand frère et Nathalie le drame de leur mère. Elle avait neuf ans à la naissance de Denis, quand Valentin cessa toute relation avec Lise, un âge où l'on comprend beaucoup de choses et surtout la peine de ceux qu'on aime, mais elle pensait que le temps n'était plus aux reproches. Et puis Alain avait été fort désagréable avec Grégory.

— C'est un raciste ignoble ! dit-elle à Julien. C'est pour cette raison qu'il ne veut pas que sa fille fréquente Grégory. Moi, je dis, au contraire, que c'est un bon garçon et qu'on a le devoir de l'aider parce qu'il se retrouve seul !

— Sûrement ! répondit Julien. Mais qu'est-ce que tu peux faire ?

— Pas grand-chose ! Mais je vais permettre à ces deux jeunes d'avoir un peu de bonheur !

Le vendredi suivant, elle téléphona à sa belle-sœur, plus accessible qu'Alain, et lui dit qu'Aurélie et Paule avaient été émerveillées par leur grande cousine. Les fillettes seraient heureuses si Stéphanie acceptait de venir passer le samedi après-midi avec elles. Joséphine comprenait que ce n'était pas très réjouissant pour une jeune fille, mais Aurélie et Paule avaient tellement insisté et la trouvaient si belle qu'elles l'attendaient, comme la visite d'une bonne fée.

Maryse profita de l'occasion : sa fille serait ainsi occupée tout une journée et ne penserait pas à déjouer l'interdit paternel. Elle déposerait donc Stéphanie chez ses cousines le samedi suivant en fin de matinée. Joséphine raccrocha le téléphone avec un sourire coquin.

Alain, qui ne voulait pas avoir de relations suivies avec les membres de sa famille, crut déceler dans la démarche de Joséphine une tentative de rapprochement. « Elle a quelque chose à me demander ! » pensa-t-il. Il laissa pourtant faire car il ne pouvait pas enfermer Stéphanie à longueur de semaine. Qu'elle aille s'embêter avec des gamines mal élevées ne le gênait pas, au contraire, pendant ce temps, elle ne penserait pas à rejoindre Grégory.

Stéphanie n'était pas emballée, mais voulut profiter de l'occasion pour fuir la grande maison. Vers onze heures, sa mère la déposa à Brive. Joséphine l'accueillit avec effusion et, quand Maryse fut partie, lui demanda :

— Ça ne te semble pas bizarre, que je t'aie demandé de venir ici avec les filles ?

Stéphanie haussa les épaules.

— Viens voir qui est là qui t'attend !

Joséphine ouvrit la porte d'une chambre et Grégory qui s'y cachait en sortit en souriant. Il embrassa Stéphanie qui se blottit contre lui.

— Quand j'ai vu ton père faire son méchant, précisa Joséphine, je me suis dit que je devais t'aider !

Stéphanie remercia sa tante. Les filles se chamaillaient dans la pièce voisine, mais personne ne s'occupait d'elles.

— C'est vraiment très gentil de faire ça pour nous, tante Joséphine !

— C'est naturel quand on n'a pas oublié sa jeunesse ! dit Joséphine.

Quelle belle journée pour Stéphanie et Grégory ! Joséphine, qui se voulait une femme émancipée, laissa les deux adolescents s'enfermer dans la chambre d'amis. C'était la première fois qu'ils se trouvaient ainsi isolés du monde par quatre murs avec, au milieu, un grand lit sur lequel ils s'allongèrent pour s'étreindre avec plus de force qu'ils ne l'avaient fait jusque-là au bord de la rivière. Ils s'arrêtèrent à l'ultime barrière. Stéphanie se contracta :

— Non, dit-elle. Tante Joséphine pourrait entrer.

Grégory n'insista pas, conscient que la jeune fille avait raison. Lui-même redoutait un acte dont il avait beaucoup entendu parler par ses copains, mais dont il ignorait tout. Il ne voulait surtout pas montrer sa maladresse à Stéphanie, beaucoup plus instruite que lui.

— Nous trouverons une autre occasion, et personne ne pourra nous déranger. Ce sera mieux ! précisa la jeune fille.

Des pas s'approchaient, ils se dressèrent, Stéphanie arrangea prestement son chemisier et sa jupe. Joséphine annonça que le déjeuner était prêt. Julien était parti pour la journée chez ses parents et l'ambiance était gaie. Aurélie et Paule ne cessaient de taquiner Grégory qui les faisait rire aux éclats en poussant de gros rugissements.

La journée passa trop vite. Grégory et Stéphanie

devaient se séparer. Ils s'isolèrent un instant pour se dire au revoir.

— J'ai nettoyé le vieux vélo de ton père, je pourrai m'en servir pour venir te voir...

— T'en fais pas. Je te téléphonerai. Je peux arranger tout ça avec mon amie, Marine. Mon père ne me refusera pas d'aller chez elle avec ma mobylette pour réviser les maths et tu pourras me rejoindre...

Joséphine déposa Stéphanie chez elle, puis repassa prendre Grégory qu'elle ramena à la Neuville.

En revenant de son cabinet, le docteur Alain Lesmonnier était sombre. Après réflexion, l'invitation de Joséphine lui semblait tellement bizarre qu'il se douta de quelque tricherie. En milieu d'après-midi, entre deux patients, il alla faire un tour à Brive du côté de chez Joséphine et n'eut pas longtemps à attendre pour apercevoir la longue silhouette de Grégory. L'envie de faire un scandale chez sa sœur fut très forte, mais il se retint. Il rentra à son cabinet et poursuivit ses consultations, l'esprit ailleurs. Joséphine, en permettant aux deux adolescents de se voir chez elle, méritait une sanction exemplaire.

— Elle le paiera très cher ! dit-il à sa secrétaire qui sourit, car cette tromperie lui plaisait bien.

Son devoir de père exigeait de lui une grande fermeté. En traversant le parc, il réfléchissait à ce qu'il allait dire à sa fille et espérait surtout ne pas trop se mettre en colère. Il faisait chaud. Maryse avait décidé de dîner dehors et disposait la table sous la charmille. Alain trancha :

— Nous dînerons dehors une autre fois ! Pour l'instant, personne n'a besoin d'entendre ce qu'on va dire.

Maryse prit un air étonné.

— Oui, je dois avoir une petite explication avec Stéphanie qui me prend pour un imbécile !

— Encore !

Maryse n'insista pas, rangea les assiettes et les couverts. Alain fit irruption dans la chambre de Stéphanie. À sa tête, la jeune fille comprit ce qui l'attendait.

— Ainsi, tu l'as revu chez ta tante ! commença Alain d'une voix que la colère assourdissait.

— Qui ? s'étonna la jeune fille. De qui veux-tu parler ?

— Ne fais pas l'imbécile. Tu sais de qui je veux parler. Tu as revu ce garçon...

— C'est pas vrai !

— Tu mens. La preuve, tu pues ! Et une odeur qui ne trompe pas !

— Tu veux dire que je pue le nègre ? C'est ça que tu veux dire ?

— Tu sens comme quand tu as vu ce garçon !

— Eh bien, oui ! Puisque tu insistes : j'ai vu Grégory aujourd'hui. Et je le verrai encore aussi souvent que je pourrai. Ce n'est pas toi qui m'en empêcheras !

— Si, je t'en empêcherai. Et ta tante va m'entendre !

— Ce n'est pas toi qui gagneras ! Sache, mon

petit papa, que si tu m'empêches de voir Grégory, j'échouerai volontairement au bac !

— C'est ce qu'on verra !

Alain quitta la chambre en claquant la porte. Il s'enferma dans son bureau et se mit à feuilleter une revue professionnelle. Quand Maryse vint le chercher pour dîner, il dit qu'il n'avait pas faim et qu'il était bien trop préoccupé pour penser aux petits plaisirs de la vie.

Le lundi suivant, l'après-midi, Julien était au travail, Alain fit irruption chez Joséphine. La jeune femme qui le vit, de sa cuisine, marcher nerveusement dans l'allée, entre les massifs fleuris, comprit le but de sa visite. Il sonna, elle le fit attendre quelques instants. La sonnerie devint insistante.

— Tiens, Alain ! s'étonna-t-elle. Qu'est-ce qui me vaut le plaisir de te voir à cette heure ?

Il se laissa embrasser sur les deux joues, puis se dressa, face à sa sœur. Les rondeurs de son estomac tendaient sa chemise sous sa cravate claire.

— Il se passe des choses que je n'approuve pas. Ton neveu et ma fille se sont vus chez toi et c'est toi qui as permis cette rencontre.

— Où est le mal ? Ces deux jeunes sont heureux ensemble ! Je n'ai pas approuvé ton attitude l'autre jour à la Neuville. Tu as parlé à ce gentil garçon comme s'il était un chien !

— Gentil ? C'est toi qui le dis. Je ne veux pas que Stéphanie le voie, tu m'entends ! Elle doit travailler son bac et ses relations avec ce jeune homme ne sont pas bonnes pour sa réussite.

Joséphine sentit la colère monter en elle, une de ces bonnes colères qui nettoient l'esprit de ses rancœurs.

— Je suis son père ! insista Alain. Elle est mineure, c'est donc moi qui décide qui elle peut voir !

— Je suis ici chez moi ! s'emporta la jeune femme. Et j'y reçois qui je veux, sans te demander ton avis. Alors, tu vas déguerpir au plus vite !

— Je m'en vais, fit Alain, sois tranquille, mais sache que la prochaine fois qu'ils se retrouvent ici, ce sont les gendarmes qui viendront chercher Stéphanie et je porterai plainte contre toi !

— Cela m'est totalement égal !

Elle le regarda s'éloigner, claquer la portière de sa voiture et éclata de rire.

— Il sera toujours trop sérieux pour comprendre quelque chose à la vie. En fait, mon frère n'a aucune aptitude au bonheur, il est jaloux de celui des autres, c'est quand même dommage pour lui !

L'orage menaçait. De gros nuages montaient à l'horizon. Valentin, qui avait fauché son pré à côté du potager, surveillait le ciel avec anxiété : pourvu que la pluie n'arrive pas trop vite ! Grégory revint enfin du collège et, sans un mot, se mit à charger dans la charrette les bottes de foin que Pierrette, suant sous son large chapeau, rassemblait.

Valentin comprenait qu'il n'aurait pas assez de force pour aller au bout des gros travaux d'été. Des douleurs lancinantes se propageaient dans ses jambes et il devait s'arrêter souvent. Grégory le regardait grimacer et continuait de travailler en surveillant les sombres châteaux de nuages qui se construisaient dans le ciel, près de s'écrouler.

— Ça va pas, Valentin ?

— Si ! Ça va, mais j'ai plus vingt ans !

Le vieil homme entendit le grondement sourd envahir sa tête et redouta une nouvelle syncope, mais l'étourdissement se dissipa.

— Tu crois pas qu'il est temps de te reposer un peu ! s'écria Pierrette, elle aussi démunie devant l'importance de la tâche à accomplir. Il faut vendre les vaches puisqu'on peut plus s'en occuper !

— Où t'as vu ça, toi ?

L'orage se préparait. Grégory sentait sa menace imprécise peser sur lui en une chaleur lourde et suffocante. La nuit tombait, moite et électrique. Quand la charrette de foin fut à l'abri dans la grange, Valentin s'arrêta au milieu du chemin. Les grésillements métalliques des grillons cachaient tous les autres bruits. De la terre montaient des odeurs fortes d'humus, de pollen, de vie, qui réveillaient en lui le chasseur sournois, le pêcheur invisible, le braconnier libre. Cette nuit, les truites allaient bouger. Et ce désir de pêche qui grandissait, la quête de la loutre, ce besoin d'aller plus loin dans l'intimité de la nature faisaient miroiter l'envie du dernier plaisir qui lui restait et l'incitaient à l'ultime défi, comme pour repousser encore une fois les limites de l'âge. Il ne sentait plus les douleurs de ses jambes, la lourdeur de ses épaules. Il oubliait ses étourdissements en retrouvant l'homme qu'il avait été tout au long de sa vie, d'été en été, de saison en saison. Alors, il tendit l'oreille pour déceler le lointain roulement du tonnerre, écouta la tour Maronne. « C'est pas pour tout de suite. Ça va tourner un bon moment avant de péter ! À cette vitesse, j'ai le temps de tout préparer. Il ne pleuvra pas avant minuit ou plus tard. »

Il passa dans son atelier et en ressortit en regardant autour de lui, avec un air inquiet, comme s'il redoutait qu'on le vît. Son attitude intrigua Grégory.

— Qu'est-ce que tu veux faire, grand-père. Je peux t'aider ?

— Surtout pas ! fit Valentin, conscient que le braconnage était un plaisir solitaire.

Le jeune homme n'insista pas, conscient que son grand-père se livrait à un de ses enfantillages que condamnait Pierrette. Il s'éloigna, fit un détour et se cacha derrière la haie. Valentin se dirigeait vers le potager. Grégory le suivit de loin et s'étonna de le voir remuer les feuilles, fouiller entre les herbes du fossé humide et ramasser des limaces rouges par poignées.

Quand il eut fini, le vieil homme ferma soigneusement sa boîte, l'emporta dans son atelier puis rentra à la maison, un sourire satisfait sous sa moustache. Grégory arriva quelques instants plus tard et ne dit rien de ce qu'il avait surpris. Pierrette se plaignit de la chaleur malsaine en jetant des regards anxieux à Valentin. Il avait fondu en quelques semaines : ses joues, jusque-là pleines, pendaient, molles et fripées. Son front s'était crevassé de profondes rides. Et ce léger tremblement des mains...

— Si tu veux pas voir Alain, je peux appeler un autre médecin !

— Me casse pas les pieds avec tes médecins ! Je suis pas malade !

Non, il n'était pas malade et voulait se le prouver à lui-même par cette partie de pêche sous l'orage. Après avoir avalé une assiettée de soupe, il ferma son couteau et s'en alla.

— Suis-le ! commanda Pierrette à Grégory. On ne sait jamais...

Valentin passa dans son atelier et en ressortit presque aussitôt avec une grosse musette. Il avait chaussé ses bottes et se dirigeait vers la rivière. La nuit était épaisse et lourde. De gros nuages couvraient les collines comme un couvercle et retenaient une chaleur moite. Le roulement lointain et imprécis du tonnerre annonçait l'arrivée de l'orage. Grégory redoutait la foudre, mais Valentin, insensible aux menaces du ciel, poursuivait son chemin, et l'adolescent, de plus en plus intrigué, se rapprocha de lui au risque de se faire surprendre.

Du fond de la vallée montait le bruit de la Vézère comme une lointaine pluie sur des feuilles nouvelles. Ils arrivèrent enfin au pont, ce pont si riant quand Grégory y attendait Stéphanie était une masse sombre sur la clarté mouvante de l'eau. Valentin le passa, marcha un moment dans le pré, en restant près des saules de la berge.

Il ouvrit sa musette. Grégory écarquillait les yeux et, avec l'habitude, réussit à discerner les gestes de son grand-père. Ses gros doigts, d'une surprenante habileté, déroulaient une corde terminée par un hameçon qu'il prit entre le pouce et l'index gauche, tandis que l'autre main fouillait dans la boîte à limaces et sortait un mollusque gluant de bave élastique. Ensuite, il s'approcha de l'eau, prit un caillou rond, l'attacha sur la corde qu'il lança dans le courant d'un mouvement ample.

La première corde en place, Valentin reprit sa marche. Grégory, à quelques mètres de lui, restait dissimulé dans l'ombre. Tout à coup, un éclair illumina le pré, la rivière et les arbres. Grégory sursauta.

Valentin arriva au barrage qui servait autrefois à alimenter un moulin en contrebas. Un canal conduisait l'eau jusqu'à la grande roue désormais perdue sous les ronces et les orties. Mais la digue et la prise d'eau étaient toujours entretenues pour irriguer les prés situés en aval.

Au déversoir, l'eau blanche bouillonnait avec un bruit de tonnerre. Valentin s'avança sur le mur. Grégory, qui était resté en retrait dans le pré, vit dans les éclairs son grand-père jouer à l'équilibriste. Tout à coup, Valentin trébucha, poussa un cri, tomba de tout son long dans l'eau noire et coula comme un sac de plomb.

Grégory, pétrifié, ne broncha pas. Un nouvel éclair montra au jeune homme un bouillonnement de bulles et d'écume. Alors, il prit conscience de son immobilité criminelle. Sans Valentin, la Neuville aurait été un hameau comme les autres où Grégory se serait bien vite ennuyé. Il courut sur le mur.

— Nage ! cria-t-il d'une voix stridente.

À la faveur d'un nouvel éclair, il sauta à l'eau dont la fraîcheur le surprit, nagea vers son grand-père qui, ayant repris conscience, s'accrochait à lui, plantait des ongles durs dans sa peau et l'entraînait vers le fond. Happés par un courant puissant, ils furent emportés dans la cascade. L'adolescent, bon nageur, se battait de toutes ses forces pour lutter contre le tourbillon liquide et résister au poids de Valentin. Il réussit enfin à se propulser vers le bord, saisit une branche de saule à pleines mains, et parvint à hisser sur la berge le vieil homme qui toussait et crachait. Le grondement du tonnerre dominait le bruit de l'eau.

— Ma damnation !

— Grand-père Valentin, j'ai eu si peur !

Valentin tourna vers Grégory sa grosse tête mouillée. Sa casquette était restée dans l'eau et son crâne clair luisait dans la nuit. Les premières gouttes martelèrent les feuilles. Grégory avait froid et claquait des dents. Valentin tenta de se mettre sur ses jambes, tituba, comme s'il était ivre, fit quelques pas, s'appuya contre un arbre.

— Eh bien !...

Il pensait au veau noyé qu'il avait repêché sous le pont, l'été dernier. Son corps avait gonflé et il s'imaginait de même, la peau distendue, la bouche ouverte laissant passer une langue blanche et monstrueuse. Il voulait parler, mais n'y arrivait pas. L'orage qui grondait en lui le laissait démuni face à son sauveur.

— C'est pas possible, ça ! dit-il encore. Non, c'est pas possible !

— Qu'est-ce qui s'est passé ? demanda Grégory. Tu as glissé ?

— C'est ça, j'ai glissé !

Il s'éloigna de son pas lourd, puis s'arrêta au

pied de la côte. La pluie tombait toujours, mais le tonnerre s'éloignait.

— Va falloir monter là-haut !

Il ouvrit son couteau et coupa une branche de noisetier qu'il effeuilla, puis, s'appuyant sur son bâton, reprit sa marche.

— Grand-père Valentin...

— Quoi encore ?

— Je t'aime bien ! Je voudrais pas que tu sois malade.

— Où t'as vu que j'étais malade ?

Le verdict de la rivière était tombé. Même la pêche serait désormais interdite à Valentin qui entrait dans un âge sans plaisirs, l'antichambre du néant.

À la maison, Pierrette rouspéta contre Valentin qui n'avait pas plus de jugeote qu'un enfant de cinq ans ! Le vieil homme ne répondit pas et passa dans sa chambre. Enfin, elle tendit une serviette à Grégory.

— Va t'essuyer dans la salle de bains.

Le lendemain, en se levant, Valentin avait mal partout. Il n'en dit rien, mais Pierrette vit qu'il grimaçait à chaque pas. Il était sombre et, sans un mot, alla directement à l'étable s'occuper de ses bêtes. Il ne répondit pas à Pierrette qui s'étonna d'autant de précipitation.

Une fois le troupeau au pré, il vérifia le niveau d'essence de sa mobylette et s'en alla. Pierrette soupira et baissa la tête, car elle avait compris. Grégory qui se préparait pour se rendre au collège eut envie de lui prendre les mains, de la serrer dans ses bras.

Valentin n'avait pas dormi de la nuit. La mort avait soufflé sur lui son haleine fétide. La veille au soir, il avait voulu la défier, se convaincre qu'il avait encore beaucoup de temps devant lui et il était tombé dans la rivière, là où il était passé des centaines de fois sans trébucher. Sans Grégory, il ne serait plus là, mais au prochain étourdissement, aurait-il un bras secourable pour le tirer vers la vie, pour l'arracher au néant ? L'espoir s'était brisé avec cette chute dans l'eau fraîche. Et avec lui, la certitude de ne plus avoir le temps de remettre au lendemain les choses importantes.

Quand il arriva à l'usine Lestard, le soleil brillait dans un ciel limpide, purifié par l'orage de la nuit. Il faisait déjà chaud, une chaleur humide qui annonçait de nouvelles pluies. Les voitures des ouvriers se garaient dans le parking. Valentin était au portail à côté de sa mobylette, et suivait des yeux les occupants. Quand Denis le vit, son visage se contracta. Le jeune homme claqua sa portière et se dirigea vers l'entrée du bâtiment. Valentin lui fit un signe.

— Qu'est-ce que vous me voulez encore ?

— Te parler. C'est important !

— Je n'ai rien à faire avec vous ! Et puis, c'est l'heure d'embaucher !

— Viens, je te dis !

— Allez au diable ! fit le jeune homme en s'éloignant rapidement.

Valentin revint à sa mobylette, puis décida d'aller s'asseoir dans le square voisin et d'attendre midi. Un chien avait renversé une poubelle et fouillait les détritus. Valentin se dit qu'il n'était pas plus heureux que cet animal en quête de nourriture.

Une fois assis, les douleurs de ses jambes se calmèrent. D'un revers de main, il essuya la sueur qui coulait sur son front. Et la question qu'il se posait depuis tant d'années revint le harceler : pourquoi s'obstiner, perdre des heures précieuses en quête d'un pardon ? Pourquoi s'inquiéter de ce que pensaient de lui Lise et Denis ? Tant d'hommes avaient fait la même chose et n'en avaient jamais eu de remords ! « Les Lesmonnier étaient des gens honnêtes ! J'y peux rien et puis la Lise et moi, on était faits l'un pour l'autre. Le destin en a décidé autrement, mais elle me manque, comme ma jeunesse, comme le temps où j'étais fort ! » Il pensa alors à Nathalie et secoua la tête : comment en vouloir à une morte ?

Une jeune femme arriva en donnant la main à deux petits garçons qui se mirent à courir entre les arbres. Valentin les regarda un instant et, quand il croisa le regard de la jeune femme, il mesura la profondeur de sa solitude...

La matinée s'éternisait. Valentin n'avait pas pris sa montre et guettait la lente montée du soleil. Enfin, pour être certain de ne pas rater la sortie de l'usine, il alla se planter devant le portail. Une fois de plus, les employés virent ce vieil homme les dévisager sous sa casquette baissée.

Denis arriva et blêmit. Il marcha vivement vers le paysan, les poings serrés.

— Je vous ai dit de vous en aller ! Je n'ai rien à faire avec vous !

— Si, tu as à faire. Emmène-moi chez toi, il faut que je te parle !

— Jamais !

— Viens dans le parc. Il n'y a personne !

Denis grogna, puis accepta. Il traversa nerveusement la route et attendit Valentin qui traînait les pieds.

— Laisse-moi m'asseoir ! dit le vieil homme. J'ai plus vingt ans.

Il s'assit lourdement sur le banc où il avait passé la matinée. Denis, debout, lui faisait face. Il ressemblait beaucoup à Alain, mais en moins rond, moins distingué, aussi.

— Ce n'est pas la peine d'insister ! fit le jeune homme toujours blême et qui maîtrisait mal sa colère. Je ne veux plus jamais vous voir, plus jamais !

— Tu me fais si mal...

— Et ma mère, elle n'a pas eu mal ?

— Je veux te reconnaître comme mon fils pour que tu aies la ferme de la Neuville !

Cette fois, Denis ne se contint plus. Il prit Valentin par le col de la veste et le souleva de son banc. Il hurla :

— Jamais je ne porterai votre nom ! Il me salirait et votre argent...

Il lui cracha au visage et s'éloigna d'un pas vif. Valentin, meurtri, resta longtemps prostré, sans même penser à essuyer le crachat qui coulait sur sa joue. Il était mortifié et avait envie de pleurer. La douleur qu'il ressentait était bien supérieure à celle de ses membres fatigués, à toutes les douleurs de sa vie. Pourquoi n'était-il pas mort, la veille, dans la Vézère ? Pourquoi avait-il été sauvé par un jeune garçon délaissé, puni des fautes de ses parents et d'une négritude qui le mettait à part des autres ?

Les heures passèrent et il ne bougeait toujours pas de son banc, insensible à la chaleur suffocante. Il n'avait rien mangé depuis la veille, rien bu, mais cela n'avait pas d'importance à côté du trou immense qui s'était creusé en lui. Où aller ? Que faire ? Sa vie s'achevait dans le désespoir.

Enfin, tandis que le soir tombait, que le ciel se chargeait de nuages menaçants, il monta lourdement sur sa mobylette et s'en alla comme un automate. Il ne reviendrait jamais.

Ce soir-là, après les cours, M. Lettier demanda à Grégory de le suivre dans son bureau. Il faisait très chaud ; à l'approche des vacances, le principal s'autorisait un petit relâchement dans sa tenue, stricte tout au long de l'année. En chemisette, col ouvert, il semblait plus abordable. Grégory se souvenait du premier jour où M. Lettier lui avait paru si distant.

— Voilà, dit-il au jeune homme. Je voudrais aborder avec toi ton avenir. Je sais que tu te plais à la Neuville, mais tu n'y as aucun avenir. Je crois que pour toi, le mieux c'est d'aller en apprentissage, et surtout d'être avec des jeunes de ton âge et pas avec deux vieillards complètement dépassés par le monde moderne et qui vivent comme on le faisait il y a cinquante ans...

Grégory baissait la tête. M. Lettier parlait sûrement dans son intérêt, il en était convaincu, et pourtant il aurait tant voulu rester entre Valentin et Pierrette, pour leur donner la main, pour les aider à supporter les difficultés de leur âge.

— Nous nous sommes donc occupés de toi, en faisant notre possible pour que ce soit dans ton intérêt. Tu vas commencer ton apprentissage au mois de septembre prochain. Je sais que tu aimes le bois, on t'a trouvé un ébéniste qui accepte de te prendre à Brive. Tu logeras dans un foyer pour jeunes et tu ne seras pas coupé de ta famille !

Grégory sourit. Ce programme lui plaisait. Il avait tant redouté qu'on l'envoie loin d'ici, en région parisienne ou ailleurs. À Brive, il serait proche de Saint-Perrault et pourrait voir, en secret, sa cousine.

— Tu vois que tout s'arrange ! Quoi qu'il arrive, la part d'héritage de ta mère te reviendra et ce pécule sera assez important pour t'installer à ton compte quand tu auras fini ta formation !

Grégory remercia M. Lettier et sortit, l'esprit léger. Il aurait aimé travailler la terre, s'occuper d'un troupeau de vaches à la Neuville, mais le principal avait probablement raison : c'était un métier sans avenir. Il valait mieux devenir ébéniste, puisque le travail du bois l'avait toujours attiré.

Il enfourcha son vélo et se dirigea vers la Neuville quand trois motos le rattrapèrent. Il avait espéré que ses « copains » de Brive le laisseraient tranquille, mais non... Franck, Harry et Antoine arrêtèrent leur véhicule devant le vélo.

— Salut ! dit Franck.

Grégory leur sourit, mais comprit à leurs mines peu engageantes que quelque chose n'allait pas.

— On a des soucis ! commença Harry. Un de nos amis avec qui on travaillait s'est fait piquer par la police.

— Oui, poursuivit Antoine, et on pense que quelqu'un nous a balancés. Ce quelqu'un, tu sais peut-être qui c'est ?

Grégory secoua négativement la tête.

— Moi, je m'occupe pas de vos affaires !

— Peut-être, mais si tu avais un peu trop parlé, aux uns et aux autres, comme ça, pour faire le malin, et que ce soit allé jusqu'aux oreilles des flics, tu comprends... ?

— Non, je comprends pas ! Je n'ai rien dit à personne !

— On l'espère ! conclut Franck. Parce que s'il nous arrivait des ennuis, ça chaufferait pour toi ! N'aie crainte, on te retrouvera !

Les motos s'éloignèrent dans un bruit de tonnerre. Grégory ne prenait pas la menace à la légère et se demanda ce qu'il devait faire. En parler à M. Lettier ? Ce serait une dénonciation. Ne rien dire ? C'était s'exposer à des représailles qu'il redoutait. Finalement, n'ayant rien à se reprocher, il décida de n'en parler à personne.

Le mois de juin s'achevait, comme souvent, par une série d'orages et une fraîcheur sensible pour la saison. Depuis que Denis lui avait craché à la figure, Valentin était sombre. Le lendemain de l'événement, il était allé voir son voisin, Paul Préjent, pour louer ses terres et décida de vendre ses vaches. Pierrette savait qu'un événement dans la vie cachée de Valentin l'avait poussé à cette extrémité, mais se contenta de constater :

— Enfin, tu as compris que tu étais trop vieux pour travailler !

Il ne répondit pas. Les vaches, toutes de superbes reproductrices de race pure, trouvèrent rapidement des preneurs et l'étable se vida en moins d'une semaine.

Quand Grégory vit le camion reculer devant la porte ouverte et le marchand faire monter les animaux sous le regard vide de Valentin, il s'écria :

— Mais Valentin, qu'est-ce que tu fais ?

— Tu le vois bien, ce que je fais !

Grégory avait envie de pleurer. Le troupeau,

c'était l'âme même du domaine. Vers lui convergeaient tous les efforts ; tous les jours passés à couper le foin ou labourer les champs pour y semer des plantes fourragères lui étaient consacrés. Sans lui, la ferme n'avait plus de sens et Valentin perdait sa raison de vivre.

— Il le faut ! dit le vieil homme.

— Mais je pourrais t'aider ! s'insurgea Grégory. Tu sais bien que je suis costaud...

— C'est comme ça ! conclut Valentin.

Il regardait partir ce qui avait été toute sa vie dans une apparente indifférence qui faisait mal. Les jours suivants, il errait dans les chemins, regardait sans réagir l'herbe pousser entre les rangs de ses légumes. Grégory le rejoignait, marchait ou s'asseyait en silence à côté de lui. Valentin avait perdu l'appétit et se contentait d'un peu de soupe, d'un morceau de pain et de fromage. Pierrette tentait de lui remonter le moral :

— Mais mon pauvre homme, il faut pas te mettre dans cet état ! La vie continue. Tu vas avoir du temps pour tailler ton bois ! Profites-en !

Le bois ne l'intéressait plus. Perdu dans ses sombres pensées, il passait à côté des gens sans les voir. Grégory en souffrait ; plus que les autres, il avait conscience de la peine de son grand-père, il aurait voulu l'aider, mais Valentin l'ignorait et cela lui faisait mal, très mal.

Pourtant, cet après-midi, le jeune homme était presque heureux en pédalant vivement sur la route de Brive. Stéphanie lui avait téléphoné pour lui donner rendez-vous chez son amie Marine où elles étaient censées réviser le programme de philosophie. Les parents de Marine étaient partis pour la journée et la maison serait pour eux. Une fois de plus, la vigilance d'Alain était prise en défaut. Une fois de plus, Stéphanie avait su mentir avec aplomb à son père et il avait cédé.

Le jeune homme traversa en trombe le hameau de Peyricol ; des poules caquetaient et battaient des ailes en fuyant devant lui. Un chien hargneux le prit en course puis abandonna, la langue pendante. Enfin, hors d'haleine, il arriva à la maison indiquée par Stéphanie, une vieille bâtisse bourgeoise isolée du reste du hameau par un parc avec des arbres énormes. Il passa le portail de fer rouillé qui ne fermait plus, suivit l'allée en regardant autour de lui. Il posa son vélo au bas d'un escalier de pierre. La lourde porte était entrouverte, une jeune fille sortit sur le perron et lui sourit. Elle était très brune, avec des cheveux courts.

— C'est toi, Grégory ? Moi, je suis Marine.

— Je suis facilement reconnaissable ! dit le garçon en riant.

— Entre. Stéphanie n'est pas encore arrivée et j'attends, moi aussi, mon copain, Olivier.

Elle eut un sourire malin et ajouta :

— Si nos parents savaient comment on révise notre bac !...

Une moto s'arrêta au bas de l'escalier. Marine

courut au-devant d'un garçon qui posa son casque sur le siège de sa machine. Enfin, Stéphanie arriva à son tour. Les deux filles s'embrassèrent, présentèrent leurs amis ; Grégory et Olivier se serrèrent la main.

— Mon père a fait toute une histoire ! Il ne voulait pas que je vienne en mobylette ! dit Stéphanie.

— Bon ! fit Marine, en maîtresse de maison avisée. Nous avons tout l'après-midi pour nous. Stéphanie et Grégory, vous occuperez l'aile droite du bâtiment, nous, l'aile gauche.

Stéphanie et Grégory entrèrent dans la partie qui leur était dévolue, un petit salon aux fauteuils écrasés, une grande salle à manger et, tout au bout, deux chambres qui sentaient le renfermé. Sans gêne, Stéphanie entra dans la première, attira Grégory et ferma la porte.

— Ici, on est tranquilles. Personne ne viendra nous chercher.

Elle se blottit dans les bras du jeune garçon qui respirait le léger parfum de ses cheveux.

Le bruit d'un moteur de voiture leur fit tendre l'oreille. Stéphanie alla à la fenêtre et se tourna vers Grégory, les yeux pleins d'effroi.

— Merde, mon père !

Elle blêmit. Une portière claqua, des pas se rapprochèrent sur le gravier et sonnèrent sur les pierres de l'escalier. Grégory, médusé, entendit les coups insistants frappés sur la porte. Anxieuse, Marine accourut.

— Je suis le docteur Lesmonnier, le père de

Stéphanie. Elle est ici puisque je vois son vélomoteur.

Marine murmura un « Entrez » et courut chercher Stéphanie.

— Ton père ! Qu'est-ce que je fais ?

— Rien, dit Stéphanie qui avait eu le temps de reprendre ses esprits. Je vais le voir. Toi, Grégory, planque-toi dans cette chambre.

Elle sortit en fermant la porte et marcha d'un pas décidé vers le hall où se trouvait son père.

— Qu'est-ce que tu veux ? fit-elle, étonnée. Tu sais bien que je travaille avec Marine.

— Je ne suis pas certain que tu travailles avec Marine ! Où est Grégory ?

— Je ne comprends pas ce que tu veux dire ! Grégory n'est pas là !

— Et ce vélo ? Il vient de la Neuville, je le reconnais, alors tu ne vas pas me dire qu'il est venu tout seul, ce vélo !

Coincée, Stéphanie n'avait d'autre issue que l'indignation et la colère. En quelques mois, la petite fille sage et appliquée avait appris à faire face à l'autorité oppressante de son père.

— Eh bien, oui, il est là ! Et quoi que tu fasses, je continuerai de le voir !

— Ah, tu continueras de le voir ? Moi, je te dis que non ! Allez, ouste, à la maison !

Alain poussa brutalement sa fille vers la porte. Stéphanie se rebella de nouveau.

— Je vais partir et tu pourras toujours me chercher ! Et d'abord, je vais être collée au bac pour te faire honte !

— C'est ça, file ! Et avertis ton soupirant qu'il a surtout intérêt à se faire oublier !

— Tu le laisses tranquille ! C'est moi qui l'ai fait venir, comme je le ferai venir ailleurs parce que je veux vivre avec lui et tu n'y pourras rien !

Stéphanie criait et se débattait. Le docteur Lesmonnier l'obligea à monter dans sa voiture. Sur le perron, Marine assistait, impuissante, à la scène.

— On viendra chercher ton vélomoteur plus tard. Tu rentres avec moi ! dit Alain en s'installant au volant.

La voiture manœuvra brutalement et s'en alla. Grégory passa dans le hall. Il s'en voulait de ne pas s'être montré plus tôt.

— T'en fais pas ! dit Marine. Il va bien finir par se lasser. Et puis, je vais voir Stéphanie bientôt. On montera un autre coup ! Tu la reverras dans peu de temps.

Il s'éloigna très vite, pour ne pas montrer son exaspération. Le soleil était sorti entre les nuages de pluie, brûlant. Le jeune homme avait le sentiment d'avoir été lâche en laissant Stéphanie affronter seule son père. Il en ressentait une colère vive qui le faisait pédaler nerveusement.

Il arriva à la Neuville. Un fourgon rouge de pompiers était garé derrière la 4 L de Pierrette. Grégory, qui pensa tout de suite à Valentin, abandonna son vélo et se précipita à l'intérieur de la maison. Il poussa un soupir de soulagement en voyant le vieil homme assis à table. Deux personnes parlaient dans la chambre.

— Mais qu'est-ce qui se passe ?

— C'est la Pierrette qui a fait une attaque ! dit enfin Valentin d'une voix sourde.

Ses épaules tombèrent dans un mouvement d'abattement. Son menton tremblait sous sa moustache. Miro, sensible au malheur qui frappait la maison, le regardait, anxieux.

— C'est de famille... Le cœur, comme ta pauvre mère !

Un pompier courut chercher un brancard dans la voiture dont le gyrophare clignotait.

— Le docteur lui a fait une piqûre ! dit-il à l'intention de Valentin. Le cœur devrait tenir jusqu'à l'hôpital.

Valentin poussa un gémissement. Quelques instants plus tard, deux pompiers ramenèrent la malade allongée sur le brancard. Le docteur en blouse blanche tenait une bouteille d'où partait un petit tuyau transparent. Pierrette tourna vers Valentin des yeux que la maladie agrandissait. Elle poussa un soupir quand les hommes la chargèrent dans la voiture. Le médecin s'approcha de Valentin et dit :

— C'est très grave !

La voiture manœuvra et prit la route de Brive. Le silence retomba sur le hameau ; alors, Valentin mesura l'ampleur du désastre qui le frappait. Il regarda autour de lui les poules qui grattaient les graviers devant la porte, le chien qui ne bougeait toujours pas, puis Grégory.

— C'est moi qui ai les étourdissements et c'est elle qui...

Grégory était sonné. La brutale maladie de sa grand-mère vidait la maison de son âme.

— On est bien malheureux !

Pensait-il encore à lui, à son confort quotidien, ou bien à Pierrette brusquement plongée dans l'enfer de la maladie ? Grégory avait envie de prendre ses mains et lui dire des mots d'encouragement.

— Bon, j'ai besoin de bouger !

Valentin sortit et partit dans le chemin de la vallée sans se préoccuper des voisins qui venaient aux nouvelles. Chaque fois que quelque chose le dépassait, il fuyait. Tourner le dos à la difficulté suffisait à la supprimer momentanément.

Le soleil était bas sur l'horizon. Les hirondelles volaient au ras des arbres. Après la pluie, l'été souverain baignait les collines d'un calme sensible, comme une invitation à s'arrêter et regarder le ciel.

Valentin, la tête basse, restait insensible à la sérénité de l'instant. Pourquoi n'était-il pas mort ? Quand, deux heures plus tard, il revint à la maison, Grégory eut l'impression qu'il avait pleuré. Il s'assit à sa place, sans un mot, ses grosses mains ouvertes posées sur la nappe cirée.

— J'ai préparé la soupe ! dit le jeune homme.

Alors Valentin sembla découvrir la présence de Grégory. Il le regarda longuement, comme s'il cherchait sur son visage noir ce qui l'unissait à ce garçon.

— J'en veux pas ! dit-il en baissant la tête. J'ai pas faim !

— Mais enfin, grand-père Valentin, il faut bien que tu manges !

— Je veux voir personne !

Une boule de peine oppressait la poitrine de Grégory. Il secoua la tête, comme un chien qui sort de l'eau, vaincu.

— Alors, je m'en vais ! dit-il, les larmes aux yeux. Et tu ne me verras plus jamais, puisque tu le veux !

La lune s'était levée. Un peu de vent avait réveillé la tour Maronne qui rugissait, par moments, comme un fauve enchaîné. Grégory s'enfonça dans l'ombre, noire comme lui, il s'y noya, y devint invisible...

Seul, Valentin mesura enfin le poids du silence et regretta d'avoir laissé partir le jeune homme. Sa maison natale lui reprochait son égoïsme, sa conduite. Les murs lui renvoyaient les images du passé, quand la pièce était pleine de gens, son père, sa mère, le vieil oncle, Albert, Pierrette, les enfants et deux domestiques. Les Lesmonnier, propriétaires à la Neuville depuis plus de deux siècles, s'éteignaient dans la dérision, le ridicule. Eux, si fiers de leur aisance et de la force de leur sang, n'avaient pas résisté longtemps : une génération avait suffi ! Et, ce soir, Valentin se savait comptable de cet échec. Le dernier des Lesmonnier ne voulait pas porter un nom qu'on lui avait appris à haïr. Et Grégory concluait la fin d'une race par la pire des bâtardises. « Même s'il est beau comme une statue, pensa le vieil homme, on peut pas dire qu'il soit un Lesmonnier ! »

Cette constatation lui arracha une grimace. Il se leva de sa chaise. Sur le bord de la cuisinière, la soupe de Grégory fumait. Il passa à côté sans la voir et sortit. Miro, enfermé dans la remise, gémissait, mais Valentin ne pensa pas à le libérer. Ses pieds raclaient les cailloux de la cour. Il arriva à son étable, alluma et regarda longuement les crèches vides. L'odeur de cuir chaud s'était transformée en une puanteur de vieux fumier. Le silence des toiles d'araignée remplaçait le bruit des chaînes. Le plus beau troupeau de la commune et des environs, la fierté des Lesmonnier, n'avait pas résisté à la déchéance des hommes. Tant d'efforts pour en arriver là, sa punition !

Il quitta ce lieu sinistre et passa dans la grange. Là aussi, l'odeur de poussière et de vieux foin remplaçait celle de l'herbe tendre, l'aigreur gaie de la paille nouvelle.

— Tu te rends compte ! dit-il tout à coup ! il m'a craché à la figure !

Il observa un long moment la corde à foin. C'était celle du destin. Elle et lui avaient rendez-vous depuis la nuit des temps, bien avant sa naissance et bien avant que ne pousse le chanvre qui la constituait. Il la déroula, cala l'échelle contre la poutre. Il ne pensait pas. Déjà ailleurs, ses gestes calmes et précis s'accomplissaient mécaniquement. Il passa la corde au-dessus de la poutre transversale, fit un nœud coulant quand, brusquement, un cri le fit sursauter.

— Valentin, qu'est-ce que tu fais ? Tu es fou !

Grégory était à la porte, épouvanté par ce qu'il voyait.

— Valentin, continua le jeune homme, je veux pas que tu meures !

Valentin se vit alors, sur son échelle branlante, avec sa corde à la main, au bord de l'inconnu. Son cerveau se remit à fonctionner, et il pensa à la soupe fumante de Grégory, sur le coin de la cuisinière.

— Je t'aime, moi, Valentin !

— Moi, j'aime personne ! dit-il, d'une voix sourde.

— Eh bien pends-toi, si tu veux ! Après, on sera bien tranquilles ! hurla Grégory en s'éloignant.

Valentin remit la corde à foin à sa place et s'en alla de nouveau dans la nuit. L'ombre apaisait ses contradictions. Quand il revint dans la maison vide, il vit la soupe froide dans sa casserole et il pensa à Grégory. D'ailleurs, il n'avait pensé qu'à lui tout ce temps...

Le jour se levait lentement, souverain. D'abord une lumière blanche venue de nulle part éteignit les étoiles, puis le soleil éclaira les feuillages nouveaux pleins de vie. Les prairies étincelaient ; la Vézère, dans sa vallée, salua ce premier jour du monde par un ballet de fumerolles.

Paul Préjent sortit de chez lui, la tête pleine des projets de la matinée. L'air frais avivait le goût du café dans sa bouche, y ajoutait une note parfumée d'herbes sèches et de fleurs sauvages. Son premier regard se dirigea machinalement vers la tour Maronne, silencieuse et sombre à l'heure où tous les oiseaux célébraient la vie. Un peu de nuit se tassait encore à son pied. Surpris par ce qu'il voyait, Paul s'arrêta au milieu du chemin, se dressa, mit sa main en visière au-dessus de ses yeux puis il resta figé, la respiration bloquée, comme si le moindre mouvement allait provoquer une catastrophe. Enfin, son visage s'anima, les yeux toujours rivés sur le sommet de la tour, il murmura :

— Nom de Dieu !

Ce juron lui donna la force de faire demi-tour. Il revint à la maison et cria :

— Marinette ! Viens vite !

Une femme échevelée sortit de la chambre en boutonnant son tablier bleu.

— Viens voir, je te dis !

— Qu'est-ce qui se passe ?

Il lui fit signe de se taire. Devant la porte, Marinette découvrit le prodige et resta à son tour médusée. Enfin, au bout d'un moment, elle murmura : « Le pauvre garçon ! »

À côté, Paul ne savait que faire. La silhouette de Grégory se détachait dans le ciel clair et il n'osait plus bouger lui-même, de peur que la tour ne s'écroule tout à coup sous le poids de l'adolescent. Personne ne lui avait jamais dit que c'était extrêmement dangereux, qu'il était formellement interdit de grimper sur ce tas de cailloux instables ?

Le vieux François qui se rendait à son champ vit aussi le prodige et se rapprocha de Paul, puis les jumeaux, Lionel et Marie Lombet, et leurs parents. L'attroupement se fit. Enfin, le père de Lionel prit une initiative ; les mains en porte-voix, il cria :

— Surtout ne bouge pas ! On va appeler les pompiers pour te tirer de là ! Ne parle pas non plus, on sait jamais ! Il faut si peu de chose pour que tout ça se foute par terre !

— Mais qu'est-ce qui lui a pris ? demanda le vieux François. Celui-là, faut toujours qu'il fasse des siennes !

Marie regardait avec effroi Grégory debout sur

le donjon. Elle s'en voulait de ne pas avoir pris le temps de parler avec lui, de l'écouter, de le conseiller. Certes, Grégory n'avait d'yeux que pour sa cousine et il préférait la compagnie de ses copains de Brive, Noirs, comme lui, mais elle aurait dû aller à son devant et lui proposer son amitié.

— Et Valentin, qu'est-ce qu'il fait ?

Valentin se leva lentement. Il s'était allongé sur son lit, mais n'avait pas fermé l'œil de la nuit. Joséphine lui avait téléphoné, la veille au soir, après l'arrivée de Pierrette à l'hôpital : le médecin avait dit que Pierrette s'en tirerait pour cette fois, mais elle devrait faire très attention, et surtout ne pas se forcer. À sa sortie, elle irait pendant un mois ou deux dans une maison de repos ; après, on aviserait.

— Pour toi, avait poursuivi Joséphine, il n'y a pas d'autre solution que la maison de retraite. Ce sera dur, mais Alain dit que dans ton état, tu ne peux pas rester seul à la Neuville. Il va s'arranger pour te trouver une place au plus vite. En attendant je monterai deux ou trois matins par semaine pour te préparer à manger et m'occuper de ton linge... Grégory ira passer l'été dans un camp pour adolescents dans les Pyrénées et partira dès la mi-juillet.

Valentin n'avait pas écouté ce que sa fille lui avait dit : cela ne le concernait pas. Le jeune propriétaire qui rêvait de constituer le plus bel élevage de la région était devenu un vieil homme démuni, mais il n'accepterait pas l'ultime affront.

« Trimer toute ma garce de vie pour en arriver là ! Ma damnation, mais qu'est-ce qui lui prend de parler comme ça ! » Devenir un numéro sur une porte, dans une maison où l'on rassemblait ceux dont personne ne voulait, ceux dont la mort était programmée au bout du séjour, ne lui convenait pas. Il préférait la corde à foin.

Valentin sortit de sa chambre dans une maison trop silencieuse. Un coup d'œil à la fenêtre dont les volets n'étaient pas fermés lui indiqua que la journée serait radieuse, mais pour lui, le soleil était mort.

Une fois devant la porte, ses yeux se tournèrent machinalement vers la tour Maronne, gardienne branlante du hameau, et ce qu'il vit le laissa pétrifié, la bouche ouverte comme si l'air lui manquait. Enfin, sa moustache s'anima, ses yeux ne pouvaient pourtant pas se détacher de la silhouette sombre de Grégory debout au sommet de la tour et qui regardait dans sa direction.

— Ma damnation ! fit Valentin.

Une vague de fond déferlait en lui, le submergeait, répandait son encre. Son esprit se bloquait sur cette vision impossible. Des mots sans suite éclataient dans sa tête, y mouraient comme des étincelles emportées par le vent. Et des images qui se succédaient, Grégory en train de charger le foin, Grégory conduisant les vaches au pré, taillant un morceau de bois avec des gestes précis et habiles, Grégory le sauvant de la noyade. Et maintenant, le voilà debout sur le donjon, mais pour quel défi ?

— Surtout ne bouge pas ! cria Paul Préjent. Le moindre mouvement peut déclencher la catastrophe ! Les pompiers arrivent !

Valentin marcha jusqu'au sentier qui serpentait sur le flanc de la colline et conduisait à la tour. Il vit tout à coup Grégory gesticuler, sauter comme pour faire vaciller l'édifice. Et cette voix déjà d'homme, mais qui conservait des intonations d'enfant, cette voix qui tombait du ciel et couvrait le hameau tout entier :

— Tu me vois, Valentin ? Dis, tu me vois enfin, toi qui n'as jamais regardé que ma peau noire ?

Paul Préjent renouvela ses conseils, mais Grégory ne les entendait pas et continuait de sauter sur le dallage disjoint, de crier à Valentin :

— Regarde-moi ! C'est sûrement la dernière fois ! Du moins, tu m'auras vu une fois ! Et je danse !

— Ma damnation ! répéta Valentin dans sa barbe.

Des sentiments contradictoires l'écartelaient.

— C'est trop bête ! murmura-t-il.

Grégory gesticulait comme un diable, provoquait la mort. Et Valentin prenait conscience de son erreur.

— Tu me vois, Valentin ? criait encore Grégory. Moi, je te vois et tout petit, écrasé, tu es un crapaud !

Valentin monta lentement dans le sentier jusqu'à la clôture. Il cligna des yeux. La lumière vive du soleil l'éblouit tout entier et bloqua ses pensées.

— Regarde comme je danse, Valentin ! cria

encore Grégory. Et je saute de plus en plus haut, moi, le nègre !

Cette fois, Valentin se décida. Les autres étaient restés dans le chemin en contrebas et ne le voyaient pas. Il marcha jusqu'au pied de la tour, rampa sous la clôture et s'avança jusqu'à l'entrée. Quand Préjent l'aperçut, c'était trop tard :

— Valentin ! Surtout ne montez pas ! cria-t-il.

Valentin n'avait pas entendu. Ce qui se passait en lui le rendait sourd aux autres. La voix de Grégory lui hurlait encore son désespoir. « La tour, prends garde ! » dit-il en posant son pied sur la première marche, lourde masse de pierre qui semblait en déséquilibre, mais résista. Là-haut, Grégory, qui avait vu son grand-père passer sous les barbelés, ne sautait plus.

— Valentin, reste en bas ! Tu vas te faire tuer ! cria le vieux François.

Il n'entendait toujours pas, Valentin. Le compte qu'il réglait avec lui-même passait par cette ascension de la tour, par ce risque que Grégory avait ignoré pour le défier. Il gravit les marches une à une sans se soucier des blocs de pierre qui bougeaient parfois sous ses pieds, remettait son avenir entre les mains de ce Dieu qui ne l'avait jamais servi. À lui de décider une bonne fois pour toutes !

Il s'élevait lourdement vers le ciel. Il ne pensait pas. Son esprit s'était bloqué sur la nécessité de monter là-haut. Ses semelles sur la pierre faisaient un bruit étrange, un craquement sourd qui lui rappelait le bruit du cercueil de Nathalie quand les fossoyeurs l'avaient glissé sur l'étagère du caveau. En bas, les autres se taisaient. Les pompiers avaient été avertis, pourvu qu'ils arrivent avant l'inévitable catastrophe !

Le voici enfin sur la dernière marche. Un léger vent le surprit. Le cœur battant, il regarda un instant, autour de lui, les collines rondes et bleues qui n'en finissaient pas jusqu'au cirque de Brive, immense et noyé dans une brume blanche. C'était la première fois qu'il voyait son pays de haut et il le trouvait étrange. Il se tourna vers Grégory.

— Alors, on danse ?

— Méfie-toi, tu peux en mourir ! Moi, je suis noir, Valentin ! Et même si tu me l'as jamais reproché, c'est bien ce qui t'a empêché de me regarder une seule fois au fond des yeux...

— Je t'ai demandé si tu voulais danser ? Moi, je veux danser sur la tour Maronne !

Valentin se mit à gesticuler des bras et sautiller lourdement en fredonnant un vieil air de bourrée. En bas, les autres le regardaient et retenaient leur respiration.

— Je savais qu'il était un peu dérangé, dit Paul Préjent, mais pas à ce point !

— Viens donc danser avec moi ! cria encore Valentin à Grégory sans arrêter de gesticuler. Tu comprends bien qu'il faut qu'on danse, tous les deux !

Un grondement sourd monta des entrailles de la tour, suivi d'un roulement d'avalanche. Valentin resta un instant le geste suspendu. Quand le bruit s'arrêta, il recommença à gesticuler.

— Voilà que tu as peur, maintenant ! mais danse donc !

Valentin prit une main du jeune homme et l'entraîna avec lui, mais l'enthousiasme n'y était plus. Grégory avait peur et quand le grondement sourd se fit de nouveau entendre, il cria :

— Arrête !

D'un coup, Valentin se détendit et s'assit lentement sur une grosse pierre tombée du créneau. Le silence se fit entre eux, avivé par un vent de hauteur, presque frais.

— Tu sais, dit-il, je t'ai dit que je voulais pas de ta soupe, c'était pas vrai et elle était aussi bonne que celle de la Pierrette !

— Tu l'as vraiment goûtée, ou tu dis ça pour me faire plaisir ?

— J'en ai mangé deux grosses assiettées.

Ils se turent de nouveau. De la route de Brive, qu'ils apercevaient, monta le bruit d'une voiture. Valentin ne se lassait pas de regarder les collines, sa maison, ses champs...

— Il faut que tu saches, reprit encore Valentin en tendant le bras en direction de sa propriété. Mais qu'est-ce que je voulais te dire ?

— Je le sais trop bien ! Tu ne m'aimes pas !

Valentin haussa les épaules, le regard toujours perdu dans l'immensité de sa campagne, et contemplait la Vézère au loin que le soleil faisait miroiter.

— Tu ne m'aimes pas à cause de ma mère et aussi parce que je suis noir.

Valentin toussa, puis précisa :

— D'abord, tu n'es pas noir, tu as la couleur du pain chaud quand on le cuisait avec des fagots de genêts !

— Et mes cheveux, c'est bien ceux d'un Noir !

— Mon cousin, l'Aurélien, les a aussi frisés que toi. Et puis, j'ai lu dans mon almanach que quand ils naissent, tous les cygnes sont noirs ! Ils ne deviennent blancs que lorsqu'ils sont adultes !

— Oui, mais moi, je ne deviendrai jamais blanc !

— Et puis, poursuivit Valentin, comme s'il n'avait pas entendu, chacun a ses torts et j'en ai ma part !

— Valentin... C'est vrai que tu aimes personne ?

— Laisse ça ! Maintenant qu'on est montés, il va falloir descendre et si on se ramasse tout ça sur le dos...

— On peut attendre les pompiers de Brive. Ils vont arriver avec leur grande échelle !

— Et tu te laisserais descendre par leur échelle, toi, comme un ballot ? Ma damnation, le Valentin a de l'orgueil, tu entends ! et si je suis monté, c'est que j'ai le courage de descendre. Les Lesmonnier sont pas des couilles molles ! Alors, tu viens avec moi, mon petit négro, on descend.

— M'appelle pas comme ça !

— Et comment tu veux que je t'appelle ?

— Par mon prénom, Grégory !

— C'est curieux, je crois que j'y arriverai jamais. C'est un mot que je sais pas dire ! On y va...

Grégory, le premier, se dirigea vers l'escalier. Il

avait senti comme un mouvement des pierres sous ses pieds, un tassement, mais il n'en dit rien. Pour la première fois, son grand-père le suivait et ils étaient unis dans le même danger. Valentin avait raison : se laisser descendre par les pompiers aurait tout gâté.

— Valentin...

— Qu'est-ce que tu veux encore ?

— Ça a bougé ! Je te dis que la grosse pierre vient de s'incliner.

Grégory parlait d'une voix sèche. La peur lui nouait le ventre et il tremblait.

— Attends... J'arrive. On va descendre ensemble, parce que moi derrière et toi devant, ça fait deux poids à soutenir par notre vieille Maronne. Elle tiendra mieux un seul poids même s'il est un peu plus grand !

Grégory s'arrêta. Valentin se fit aussi léger que possible et posa d'abord la pointe de son pied sur la marche, s'assura qu'elle tenait avant d'y peser. Il arriva à la hauteur de Grégory, lui passa le bras autour de la taille et le cramponna.

— On va poser nos pieds en même temps et en douceur ! La vieille pourrait se vexer si on lui faisait mal !

Ils descendaient lentement. Du mur, des pierrailles se détachaient parfois avec un bruit qui leur semblait énorme. Ils arrivaient presque en bas quand le roulement sourd monta des fondations, un grondement rageur venu du fond de la terre. Un morceau de mur formé de petites pierres s'effondra dans un bruit de tonnerre.

Valentin poussa un cri. Grégory se sentit emporté par l'avalanche, écrasé, mordu par des milliers de dents. Quand il se releva, il n'avait qu'une pensée en tête : retrouver son grand-père. Il marcha, aveuglé par la poussière. Il n'était pas blessé, seulement quelques égratignures et quelques bosses. Sans se soucier du danger, il se précipita vers la masse sombre et inanimée à côté de lui. Valentin était recouvert de gravats.

— Valentin !

Valentin secoua les épaules, ouvrit les yeux et se tourna vers Grégory.

— Ma damnation ! Heureusement que les grosses pierres sont tombées à côté de nous !

Grégory l'aida à se dégager et se mettre sur ses jambes. Sa veste était déchirée. Une plaie saignait à la joue, mais il s'en tirait bien.

— Ouais, on aurait pu y passer ! reprit Valentin.

Ils descendirent entre les ronces et arrivèrent à la clôture. Paul Préjent les aida à passer sous les barbelés et s'étonna :

— Mais qu'est-ce qui vous a pris, Valentin ? Vous êtes fou ou quoi ?

— Quand je vous disais que la tour était solide ! bougonna Valentin. Il fallait bien que quelqu'un vous le montre !

— Solide ? Vous avez quand même failli y rester. Tout le monde n'aurait pas eu votre chance !

— Justement, nous, on l'a eue, cette chance ! fit Valentin. Téléphone aux pompiers qu'ils peuvent rester chez eux !

Il trébucha. L'ascension l'avait épuisé. Il grimaça et s'assit au bord du fossé. Préjent lui demanda :

— Ça va pas, Valentin ? Vous voulez que...

— Laissez-moi tranquille !

— Viens, proposa Grégory, je vais t'aider pour rentrer à la maison.

Le jeune homme se pencha au-dessus de son grand-père qui passa le bras sur ses épaules et réussit à se mettre debout. Ainsi, le jeune soutenant le vieux, ils marchèrent à petits pas jusqu'à la maison.

Valentin pensait qu'il ne pourrait pas rester à la Neuville. Comment éviter la maison de retraite avec ses étourdissements et ses jambes si lourdes qu'il avait toutes les peines du monde à marcher dès qu'il se fatiguait un peu ? Il n'avait plus la force de se battre, le ressort était cassé.

— Quand tu es jeune, dit-il, tout à coup, à Grégory, tu crois que rien ne peut t'arriver, alors tu n'en fais qu'à ta tête. Mais il ne faudrait pas vieillir !

— T'en fais pas, grand-père Valentin. Tout va s'arranger. Pierrette va guérir et vous resterez tous les deux à la Neuville !

— C'est ça ! Tu as raison !

Valentin grimaça ; une douleur, une de plus, serpentait dans son dos. Il pensait à la corde à foin, la corde du destin.

Tous les jours, le matin ou l'après-midi, Joséphine montait à la Neuville pour préparer les repas et s'occuper du linge. Alain, qui avait refusé de parler à son père, s'occupait cependant de lui trouver une place dans une maison de retraite des environs. Chaque soir, Grégory faisait la soupe. « Même avec celui-là, j'ai pas été à la hauteur ! » pensait Valentin en voyant le jeune homme s'activer près de la cuisinière. Un soir, il dit à l'adolescent :

— Dans ma vie, j'ai pas toujours été le meilleur ! Je me croyais trop fort et puis...

— C'est pas vrai, grand-père Valentin. Personne mieux que toi ne savait choisir les belles vaches !

— Ça, oui, mais ça fait pas tout, crois-moi. Tu te rends compte, quand tu es vieux, que chaque fois que tu as fait du tort à quelqu'un, c'est contre toi que tu travaillais !

Ils passaient leurs matinées dans l'atelier ou le jardin. Valentin, qui croyait tout savoir du bois, expliquait à Grégory :

— Quand tu seras chez ton patron, fais bien

attention de ne pas travailler à contre-fil. Surtout le chêne qui te fera pas de cadeau ! C'est fier, du chêne, et le mauvais ouvrier ne peut rien en tirer. Le noyer est plus facile, mais le meilleur, le plus docile, c'est le poirier ! Un bois presque noir et doux au toucher. Tu as aussi le houx, mais c'est difficile d'en trouver du beau. Et puis, le houx, comme le buis, c'est dur au point de casser le fer de l'outil...

Grégory écoutait parler Valentin et comprenait que derrière ce flot de paroles se cachaient la hantise de l'avenir, la peur de la maison de retraite. Alors, il aurait voulu rester avec lui...

À la fin de la première semaine de juillet, Joséphine apprit à Grégory que Stéphanie avait été reçue à son bac avec la mention bien.

— Son père n'est pas content ! dit-elle sur un ton moqueur. Il aurait voulu la mention très bien et les félicitations du jury !

Ce succès ne réjouit pas le jeune homme qui le considérait comme un désaveu. Stéphanie n'avait-elle pas menacé son père d'échouer à son bac s'il l'empêchait de voir Grégory ? Depuis leur dernière rencontre chez Marine, il n'avait pas de nouvelles et guettait chaque jour le facteur qui ne lui apportait aucune lettre. Quand le téléphone sonnait, il se précipitait, mais ce n'était jamais Stéphanie et le silence de la jeune fille le rendait sombre et irritable.

Un après-midi, il enfourcha son vélo et s'en alla à Saint-Perrault. Stéphanie lui avait suffisamment décrit sa maison et son emplacement dans le village pour qu'il la trouve sans hésiter. Il y arriva ruisselant de sueur et décida de se tenir en retrait pour surveiller les allées et venues. Il voulait surtout éviter de se trouver nez à nez avec son oncle.

Plusieurs fois, il vit Maryse traverser le parc, mais pas Stéphanie. Il décida alors de rentrer, car les voisins commençaient à s'inquiéter de cet inconnu noir qui faisait les cent pas près de la maison du docteur Lesmonnier.

Le lendemain, Grégory fit part de son inquiétude à Joséphine :

— Stéphanie ? s'étonna-t-elle. Je ne sais pas ! Son père ne me parle que du bout des lèvres et ne m'a rien dit. Il a bien trop peur que je cherche une fois de plus à vous réunir ! T'en fais pas, je vais essayer de me renseigner !

À la tombée de la nuit, une voiture noire traversa Saint-Germain à toute vitesse. De son bistrot, Léon la vit prendre la direction de la Neuville, mais n'ayant pu apercevoir les occupants, il n'y prêta pas attention. La voiture dépassa le hameau, poursuivit sa route en direction de Donzenac et s'arrêta dans un chemin creux. Quatre hommes en sortirent. La nuit empêchait de distinguer leurs traits et ne laissait voir que leurs silhouettes, trois grandes et une plus petite, plus menue. Ils se faufilèrent en silence dans l'ombre vers la dernière maison, celle de Valentin. La lumière était allumée dans la cuisine. Les quatre visiteurs, cachés derrière la haie, voyaient les occupants :

Valentin et Grégory. Le jeune homme, debout, s'activait près de la cuisinière. Valentin, assis à sa place, devait parler puisque ses lèvres bougeaient. Son assiette, devant lui, était encore vide. Enfin, l'adolescent apporta une soupière qui fumait. Les quatre hommes se regardèrent et sourirent.

— Il faut profiter de l'effet de surprise. La porte n'est pas fermée : les paysans ne verrouillent jamais leur porte à clef avant d'aller se coucher. On y va franco !

— Et le chien ? Il nous a parlé d'un chien qui le suit partout ! S'il aboie...

— On verra !

Ils s'approchèrent en suivant la haie, à côté de l'étable vide, puis passèrent près d'un petit bâtiment dont les tuiles rouges se remarquaient sous la lune qui s'était levée.

— Faudrait pas se faire repérer !

— Aucun risque ! La discrétion, c'est notre spécialité et personne ne nous a remarqués ! Ils ont l'habitude de nous voir en moto et, d'ordinaire, nous ne sommes que trois !

— De toute façon, on va pas s'éterniser ! dit Franck. On casse la gueule à ce salaud qui nous a balancés et on s'en va !

— Il faut faire vite ! ajouta Antoine. N'oubliez pas qu'on embarque demain à Bordeaux !

— Faudrait pas que les flics...

— Sois tranquille ! Personne ne nous a suivis. Je répète, il faut profiter de l'effet de surprise. Dans une demi-heure, tout doit être réglé dans le silence et nous, en route pour Bordeaux !

— C'est le chien qui m'inquiète ! Il peut tout faire rater ! Si les voisins l'entendent aboyer...

— T'en fais pas pour le chien, j'ai ce qu'il faut pour le calmer !

Ils passèrent derrière le poulailler de Pierrette, se glissèrent le long du mur de la maison. Alors, Miro se mit à aboyer, se dressa contre la porte et cogna le bois de ses pattes. Valentin dit :

— Un renard sera venu rôder autour des poules. Ouvre, qu'il aille le faire courir !

Grégory ouvrit la porte et Miro partit dans la nuit en aboyant furieusement. Le jeune homme fit quelques pas. Un petit bruit, comme un bouchon que l'on enlève brusquement d'une bouteille vide, suivi d'un long hurlement l'intrigua. Il se dirigea dans l'ombre vers le poulailler.

Des bras robustes le ceinturèrent. Il poussa un cri avant qu'une main écrase sa bouche.

— On t'avait dit qu'on te retrouverait, petit mouchard ! Maintenant, on va te faire ta fête !

Grégory se débattit, réussit à mordre la main qui l'empêchait de parler.

— Laissez-moi !

Les coups commencèrent à pleuvoir, dans le ventre, sur la figure, une pluie de coups qui laissèrent le jeune homme inanimé sur la poussière humide. Les poules, dérangées, caquetaient.

Valentin, étonné de tout ce bruit et ne voyant pas revenir Grégory, prit sa lampe dans le tiroir et alla à la porte. Il entendit une voiture qui s'éloignait. Devant le poulailler, il trouva le jeune homme couché sur le sol, qui gémissait.

— Qu'est-ce qui se passe ?

Grégory se releva lentement en grimaçant. Du sang coulait sur sa joue droite tuméfiée.

— Qu'est-ce qui t'est arrivé ?

— C'est rien ! fit Grégory.

— Mais enfin, c'est qui qui t'a arrangé comme ça ?

— Je sais pas !

Valentin promena le faisceau de la lampe autour de lui et découvrit Miro, étendu, le flanc ensanglanté.

— Ils ont tué le chien ! s'écria-t-il. On va téléphoner aux gendarmes !

Grégory, en se massant les côtes, se pencha sur le cadavre de Miro. L'animal avait été abattu à bout portant avec un pistolet muni d'un silencieux. Il avait envie de pleurer. Miro l'avait reconnu comme un des siens dès son arrivée sans se préoccuper de sa différence. Le jeune homme serrait les dents. Comment avait-il pu fréquenter des gens aussi méprisables ?

— Tu veux vraiment appeler les gendarmes ?

— On va quand même pas se laisser bouffer !

Les gendarmes arrivèrent une heure plus tard et enregistrèrent la déposition de Grégory qui dit ne rien savoir de ses agresseurs, puis repartirent bien vite sans chercher la moindre indication qui aurait pu les mettre sur la voie des coupables.

— Qu'ils reviennent et je les tire comme des lapins ! s'exclama Valentin qui avait sorti son fusil.

Les jours qui suivirent, l'événement fit grand bruit dans la commune et les environs. Les gens ne parlaient que de ces inconnus qui avaient frappé le petit-fils de Valentin à la Neuville. Chaque soir, les portes se fermaient à double tour et on sursautait au moindre bruit...

Un après-midi, Joséphine emmena Valentin et Grégory à l'hôpital voir Pierrette. En deux semaines, la malade avait repris quelques forces et les médecins estimaient qu'elle pouvait recevoir de courtes visites.

La grosse femme avait fondu. Son corps massif s'était courbé, rétréci. La peau de son visage pendait sous son menton, trop grande. Ses yeux pleuraient constamment ; de profondes rides craquelaient ses joues. Elle parlait comme une très vieille femme, d'une voix aigre et tremblante Elle souriait pourtant, un sourire de malade impuissante et soumise.

— On est bien malheureuse quand on peut rien faire ! dit-elle. Mais ça va déjà un peu mieux !

Puis se tournant vers Valentin, elle ajouta :

— Je te fais bien du souci, mon pauvre homme !

— On se débrouille ! dit Grégory. Bien sûr, ma soupe n'est pas aussi bonne que la tienne, mais grand-père Valentin s'en contente.

Valentin restait muet. Pierrette, qui avait tant pleuré à cause de lui, ne pensait qu'au désagrément qu'elle lui causait en ne pouvant plus le servir. Il aurait voulu être ailleurs.

— Et tes étourdissements ? Il faudrait quand même que tu voies un médecin !

— Ça va mieux ! Je suis solide comme un roc !

— Le docteur dit que je serai trop faible... On va pas pouvoir rester à la Neuville. Alain s'occupe de nous trouver une place dans une maison de retraite... Là ou ailleurs, l'important, c'est qu'on soit tous les deux...

— Qu'est-ce que tu me racontes ? fit Valentin, montrant qu'il avait réfléchi à la question. La Marguerite Cerrin, du bourg, viendra nous faire à manger et s'occuper de la maison. On a de quoi la payer !

Le regard de Pierrette s'éclaira :

— Tu lui en as parlé ?

— Pas encore, mais je sais qu'elle sera d'accord, parce qu'elle n'a pas grand-chose et que son vaurien de fils lui plume les sous de sa retraite !

— Tu as raison ! répondit Pierrette, mais Grégory comprit qu'elle ne croyait pas à la solution de Valentin. Elle ajouta : Même avec la Marguerite Cerrin, les bonnes années sont derrière nous !

La résignation de Pierrette faisait mal à Grégory. Joséphine la ressentait comme un reproche, car elle avait conscience de ne pas accomplir jusqu'au bout son devoir de fille ; mais comment concilier sa famille à elle, son travail et la charge qu'auraient représentée ses parents à la Neuville ?

Grégory partit à la mi-juillet dans un camp d'adolescents dans la région de Cauterets, au cœur des Pyrénées. Joséphine, qui devait l'emmener à la gare, le trouva en train de boucler sa valise. Valentin était sorti : le départ du jeune homme le contrariait.

— Je me fais du souci pour le grand-père Valentin ! dit Grégory. Seul, il va tourner dans sa tête des tas de choses et c'est pas bon pour lui !

— On va voir ! La Marguerite Cerrin est d'accord pour venir lui faire à manger. Je monterai tous les jours, et si ça ne va pas, Alain a dit qu'il se débrouillerait pour lui trouver une place dans un centre de convalescence en attendant la maison de retraite.

Cette réponse ne satisfaisait pas Grégory qui revoyait Valentin monté sur son échelle et passant la corde à foin par-dessus la poutre de la grange... Une fois de plus, un pressentiment l'angoissait. Il repensait à ce matin de mars où il avait refermé la porte d'une chambre d'hôpital sur la dernière image qu'il gardait de sa mère. Au moment de partir, il chercha Valentin et le trouva devant son étable vide, en peine de sa personne. Le ciel était bas, une chaleur lourde annonçait l'orage.

— Ah, tu t'en vas ? fit le vieil homme en regardant un vol de pigeons au-dessus de la vallée.

Grégory baissa la tête et resta un moment silencieux.

— Ouais, ça me fait de la peine !

Grégory avait le cœur gros. Valentin, les bras lourds le long du corps, regardait toujours la vallée.

— Tu sais, si ça ne tenait qu'à moi, je serais resté ici, avec toi. Mais les gens de la DDASS ont estimé que c'était bon pour moi, de partir... Et puis, je vais revenir, à la mi-août.

— Oui, à la mi-août. Mais ça fait du temps...

Ils se turent un instant. Le vent courait au ras du fossé et couchait des herbes molles. Quelque part, sur un noyer, un geai poussa son cri strident.

— Tu sais, grand-père Valentin, je voulais te dire...

Il tourna la tête vers Grégory et le regarda d'une curieuse manière, comme il ne l'avait jamais fait jusque-là.

— De toute manière, les Lesmonnier s'en tireront toujours ! et toi comme les autres ! dit le vieil homme en faisant un pas en avant.

— Je t'aime bien, grand-père Valentin.

Alors, Valentin, sans un mot, attira Grégory contre lui. Ils restèrent ainsi un court moment d'abandon, et quand ils se séparèrent, Grégory vit les yeux mouillés du vieil homme.

— Tu sais ce que je voulais te dire l'autre jour, sur la tour, reprit Valentin pour cacher son émotion, ça m'est revenu ce matin, en me levant...

— Ah bon ?

— Oui. C'était... Eh bien voilà, je l'ai encore perdu ! Ma vieille tête est pleine de trous !

— Ça fait rien, grand-père. Quand je reviendrai, le 15 août, tu l'auras retrouvé depuis longtemps ! Et tu l'auras marqué sur un bout de papier !

Grégory se tourna et courut jusqu'à la voiture de Joséphine dont le moteur ronflait déjà. Il jeta un dernier regard à la tour Maronne et baissa la tête, conscient de tourner une page de sa vie.

— J'ai enfin des nouvelles de Stéphanie ! dit Joséphine. J'ai téléphoné à sa mère...

Grégory se dressa vivement.

— Elle est partie pour un an aux États-Unis. Son père estime que ce séjour est indispensable pour qu'elle apprenne à bien maîtriser l'anglais.

Stéphanie en Amérique pour un an ! Une longue année pleine d'incertitudes pour le jeune homme. Quand elle reviendrait, l'été prochain, la jeune fille l'aurait oublié depuis longtemps. Ainsi, la dernière attache serait rompue, Grégory était voué à la solitude !

— Un an, ça passe vite ! dit Joséphine. Tu verras !

Grégory prit le train pour Toulouse, puis changea pour Pau où il retrouva les dix-huit adolescents et leurs moniteurs qui allaient participer au camp à Cauterets. Il fut tout de suite mis en confiance par Raoul Bestand, le directeur, un grand gaillard à l'abondante barbe rousse. Comme les participants venaient de toutes les régions de France, ils devaient prendre le temps de se connaître. Grégory était le seul Noir, mais personne n'y faisait attention.

— Vous venez tous de villes et de milieux différents, précisa Raoul Bestand. Durant le mois que va durer ce camp, vous devez être soudés comme les doigts de la main ! Vous allez apprendre les dures lois de la haute montagne et de l'escalade.

Vous en tirerez une force et des principes qui vous aideront toute votre vie !

La première journée fut consacrée à l'aménagement du camp dans une prairie en pente au bord d'un torrent. Grégory était fasciné par l'imposante majesté des montagnes qui l'entouraient, la grandeur de cette nature où le silence était encore plus profond qu'à la Neuville. Raoul répartit les tâches avec méthode et, en quelques heures, le camp de toile fut en place. Les jeunes gens allèrent chercher du bois mort pour allumer le feu et préparer le dîner.

Pendant la nuit un orage éclata. Grégory n'était pas rassuré par le grondement incessant du tonnerre que le mur des montagnes amplifiait. Le lendemain matin, le soleil brillait de nouveau et le groupe partit pour sa première randonnée. Grégory se sentait bien parmi des adolescents qui ne le rejetaient pas. Il pensait pourtant, avec un pincement au cœur, à Valentin seul dans sa maison. Que racontait-il aux murs ? Avait-il retrouvé ce qu'il voulait lui dire au sommet de la tour Maronne ? Il pensait aussi à Stéphanie, si loin de lui, éblouie sûrement par les fastes américains et les garçons qui se bousculaient auprès d'elle.

Les jours passaient très vite. Grégory apprenait à se surpasser, la montagne lui plaisait par sa démesure et la rigueur qu'elle exigeait de ceux qui voulaient l'apprivoiser.

À la fin du mois de juillet, le postier du village voisin arriva vers midi. Les adolescents étaient en train de préparer le déjeuner et de mettre la table sous la grande tente puisque le ciel était de nouveau menaçant. Il faisait chaud et lourd. L'homme dit à Raoul qu'il venait de recevoir un coup de téléphone de Mme Lebuissac et que Grégory devait se rendre au village pour la rappeler au plus vite.

Le jeune homme comprit qu'un nouveau malheur était arrivé à la Neuville. Une boule d'angoisse pesait sur son estomac. Il se rendit au village, accompagné par un moniteur qui le ramènerait en voiture. Il appela Joséphine qui lui annonça la mort de Valentin. Grégory ne demanda pas de détails, il savait comment cela s'était passé. Les larmes aux yeux, il revint au camp chercher ses affaires et Raoul le conduisit à la gare de Pau.

— Tu reviens quand tu peux ! Je comprends que tu aies envie d'être dans ta famille en pareille circonstance !

Le jeune homme s'en voulait d'avoir laissé Valentin seul et se sentait responsable de cette mort qui était sûrement un suicide. S'il avait refusé de quitter la Neuville, Valentin serait encore en train de lui parler du bois ou des poissons de la Vézère. Le vieil homme n'avait pas supporté la solitude qui le mettait en face d'un avenir sans espoir.

Joséphine, qui l'attendait à la gare de Brive, le serra dans ses bras. Grégory demanda :

— Il s'est pendu ? C'est ça ? Je sais qu'il ne voulait pas aller dans une maison de retraite !

Joséphine éclata en sanglots.

— Non, il ne s'est pas pendu. C'est moi qui l'ai trouvé, assis, la tête posée sur la table, comme s'il dormait. Alors, j'ai appelé Alain qui a constaté le décès. Il a eu une syncope, la dernière.

Le lendemain, Valentin fut enterré dans le petit cimetière de Saint-Germain. Pierrette, trop faible pour y assister, pleurait, seule dans sa chambre d'hôpital. Derrière le cercueil marchaient Alain et Maryse, Julien et Joséphine qui tenait le bras de Grégory. Le cortège s'étirait entre l'église et le cimetière. Parents, voisins, gens de la commune et d'ailleurs avaient voulu rendre un dernier hommage à celui dont le caractère n'était pas toujours apprécié, mais qui était le dernier maillon d'une famille importante. Une porte se fermait à la Neuville et c'était un pas de plus vers l'agonie de toute une région.

Au dernier rang, seule, marchait une vieille femme dont les cheveux blancs étaient cachés sous un foulard gris. Les larmes coulaient de ses yeux marron et suivaient les rides qui entaillaient ses joues fripées. Elle baissait la tête, comme si elle redoutait qu'on la reconnaisse ou qu'on la voie pleurer. C'était Lise, qui accompagnait le seul homme qu'elle avait aimé et qu'elle avait cessé de haïr en lisant son avis de décès dans le journal...

À la fin de la cérémonie, Alain et Maryse s'en allèrent très vite, sans saluer personne. Alain avait fait bonne figure, mais les convenances avaient des limites et il n'avait pas envie d'entendre les condoléances de ces paysans. Grégory resta avec sa tante qui lui dit :

— Tu peux rester chez moi si tu veux, mais tu seras mieux dans ton camp d'adolescents avec des garçons de ton âge. Tu sais que je veux remplacer ta mère auprès de toi. Sois tranquille, tu ne seras pas seul, quand tu reviendras à la fin de l'été. Et pour la Neuville, rien ne peut être décidé avant ta majorité puisque la part de ta mère te revient. Il n'y a pas de testament, le partage se fera en trois parts égales !

Elle parlait ainsi pour indiquer que le fils de Lise à qui Valentin voulait donner sa ferme n'avait désormais aucun droit sur l'héritage.

— T'en fais pas ! ajouta Joséphine. Je veillerai à ce que tout se passe bien !

Grégory savait que sa tante ne l'abandonnerait pas. Le lendemain, après une visite à sa grand-mère, le jeune homme retourna dans les Pyrénées, triste d'être à jamais séparé de Valentin au moment où ils avaient tant de choses à se dire.

La montagne le fascinait et il se sentait bien en compagnie de jeunes gens avec qui il partageait des efforts quotidiens nouveaux. Les randonnées, l'apprentissage de l'escalade le laissaient épuisé chaque soir, mais occupaient ses pensées et le temps passait vite.

Un matin, le facteur lui apporta enfin une lettre de Joséphine. À l'intérieur, il trouva une enveloppe avec un timbre étranger. L'écriture ronde qu'il reconnut lui fit bondir le cœur. Il s'isola des autres pour la lire :

La couleur du bon pain

Mon très cher Grégory,

Mon père veut nous séparer, il n'y arrivera pas. Je t'écris de Floride où je vais rester une année entière dans une famille. Papa pense qu'au bout d'un an je t'aurai oublié. Ce n'est pas vrai, ne te fais aucun souci. Mon beau cousin, dans un an je t'aimerai autant qu'aujourd'hui. Et je vais apprendre parfaitement l'anglais, ce sera un avantage pour plus tard.

Écris-moi et dis-moi ce que tu deviens. Écris-moi tous les jours. À sept heures du soir, il sera une heure de l'après-midi aux États-Unis. Toi en France, moi en Amérique, on s'écrira, on sera l'un à l'autre pendant quelques minutes et tu verras que l'année passera très vite à attendre nos lettres.

Nous nous retrouverons l'été prochain et mon père n'y pourra rien. Je sais que l'amour est toujours le plus fort !

Ta Stéphanie.

Grégory parcourut des yeux l'adresse où il devait envoyer ses lettres. Il était heureux : Stéphanie l'aimait toujours, c'était l'essentiel. Il glissa la feuille pliée en quatre dans la poche arrière de son pantalon...

Le soleil passait derrière le sommet de la montagne qu'il incendiait, découpant la dentelle des crêtes rocheuses dans un miroitement de couleurs rares... Grégory sourit. À la Neuville, un tel soleil aurait fait dire à Valentin : « Va falloir penser à se lever tôt demain. Le beau temps est là, un temps de moisson ! »

La photocomposition de cet ouvrage
a été réalisée par
GRAPHIC HAINAUT
59163 Condé-sur-l'Escaut

Cet ouvrage a été imprimé par

FIRMIN DIDOT

GROUPE CPI

Mesnil-sur-l'Estrée

pour le compte des Éditions Robert Laffont
24, avenue Marceau, 75008 Paris
en juillet 2004

Imprimé en France
Dépôt légal : mai 2004
N° d'édition : 45393/04 - N° d'impression : 69199